Claude Pelletier, né en 1948, est enseignant. Chroniqueur taurin à la revue *Toros* de 1974 à 1988, et, depuis 1989, au *Midi-Olympique*, il a reçu la Plume d'aigle de l'Association nationale des aficionados. Président d'honneur de la Peña taurine de la Côte basque, il se définit avant tout comme un aficionado, ce qui signifie en espagnol «celui qui aime», davantage que «celui qui sait». Claude Pelletier est l'auteur de nombreux ouvrages consacrés à la tauromachie, parmi lesquels *Les Basques et la tauromachie* (1981), *L'Histoire de la tauromachie à Bayonne* (1982), *Tu comprends* (1986), *Callejon* (1988), *De peurs et de lumières* (1989), *Génération 90* (1990).

Dépôt légal : mai 1992
Numéro d'édition : 55015
ISBN : 2-07-053189-9
Imprimerie Kapp Lahure Jombart, à Evreux

A mon épouse, qui a su tolérer ma passion taurine avant de la partager.

L'HEURE DE LA CORRIDA

Claude Pelletier

DÉCOUVERTES GALLIMARD
SPORTS ET JEUX

Hæ Locuste ubi
angelus perdic
tionis superetas
imperat

Quelque part en Asie centrale, l'évolution a fait apparaître, voici sans doute deux millions d'années, l'ancêtre du taureau de combat et de toutes les races aujourd'hui domestiques. D'une taille alors colossale – près de deux mètres au garrot –, l'aurochs, inapte aux longues courses de salut, a forgé par sélection trois arguments de survie : sa masse, ses cornes dirigées pour tuer, et cet instinct agressif qui portera le beau nom de «bravoure».

CHAPITRE PREMIER
LE FAUVE DU VIEUX-MONDE

Trois mille ans av. J.-C., aux débuts de l'écriture, le poète sumérien célèbre Enlil, le Taureau-dieu : «Créateur du monde, / O, Enlil, père de Sumer, / O, Enlil, qui peut saisir ta puissance ? / Taureau des montagnes / Dont les cornes brillent comme le soleil.»

Le fauve cornu du Vieux-Monde, le *Bos primigenius* des scientifiques, l'aurochs des vieux parlers germaniques, aujourd'hui le taureau de combat, nous est connu par les peintures rupestres de Lascaux qui en donnent une image précise : le mâle est corpulent sur l'avant, haut, long, sec et découplé. Son poil est noir, brun ou rougeâtre, son museau fin. Un halo clair entoure l'œil et une raie fauve court souvent le long de l'épine dorsale. L'aurochs porte une redoutable paire de cornes aux pointes relevées qui s'écartent légèrement. De la subsistance des caractères primitifs de ce

monstre dépendra toute tauromachie...

Uniquement préoccupé par les nécessités d'une survie précaire, l'homme de la préhistoire chasse rarement l'aurochs : un pour cent seulement des débris archéologiques retrouvés proviennent d'ossements du bovidé. La relation du chasseur à l'animal sauvage est neutre, simplement dominée par le désir violent de l'appropriation. Pour l'homme, le danger, toujours possible, n'est jamais souhaité. Ce n'est qu'un aléa fâcheux qu'il convient d'éviter. Le chasseur d'alors ne tue que pour survivre.

Notre ancêtre a dû se contenter d'abord de charognes, d'animaux malades ou diminués. Ce fut ensuite la traque vers la fosse-piège, le cul-de-sac, la falaise d'où se précipitait le gibier affolé. Avec l'arc et la sagaie, le chasseur osera l'approche, l'attaque et la poursuite avec des chiens. La traque pouvait alors s'achever par un affrontement direct.

L'aurochs domestiqué

Après plusieurs centaines de millénaires vécus dans l'angoissante incertitude de la cueillette et de la

Les amateurs de corrida peuvent reconnaître ou deviner, dans l'aurochs européen sorti du fond des âges (ci-contre), les caractères primitifs de certains taureaux de combat actuels : le dos ensellé, le cou pincé, le museau clair, les cornes puissantes, et même le pelage moucheté, ou *salpicado*, qu'on peut observer aujourd'hui chez les célèbres taureaux de Miura.

chasse, l'humanité fait un pas de géant, vers 8000 av. J.-C., avec l'apparition de l'agriculture et de l'élevage. La cueillette est alors remplacée progressivement par la récolte, et la chasse par le sacrifice de l'animal déjà soumis car domestiqué. Les moyens de subsistance deviennent prévisibles, presque assurés.

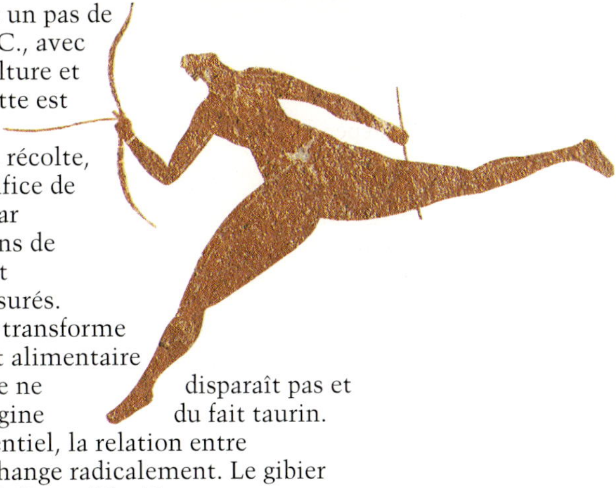

Bientôt, la chasse se transforme en simple complément alimentaire puis en loisir. Mais elle ne disparaît pas et on la retrouvera à l'origine du fait taurin. Cependant, pour l'essentiel, la relation entre l'homme et l'animal change radicalement. Le gibier convoité devient bétail disponible, l'homme passe, avec sa proie,à des rapports détendus et rassurants.

Alors, le taureau devint dieu

De tous les animaux plus ou moins déifiés, aucun n'a été distingué autant que le taureau, aucun n'a fait l'objet d'un culte aussi constant, aussi fervent, dans toutes les civilisations de la Méditerranée. Perçu comme l'animal le plus beau mais aussi le plus redouté, le taureau est devenu l'apothéose et le symbole de cette conquête majeure – alimentaire, donc vitale – que constitue la domestication.

Pendant dix millénaires, l'homme va célébrer sa propre réussite. En Egypte, le bœuf Apis devient le dieu de la Fécondité, de la Fertilité et de l'Abondance. Tout le bassin méditerranéen jusqu'au Proche-Orient adopte le culte du taureau sous diverses formes. Les Hébreux cèdent également au Veau d'or. Ils adorent l'idole cornue et cet égarement passager leur vaudra le juste châtiment du Dieu unique.

Cette encornure haute, aux pointes divergentes, est typique de certains taureaux de combat actuels.

Dans la mythologie, on retrouve le même engouement pour le taureau. N'ayant de comptes à rendre qu'à sa passion, Zeus s'absout d'avoir pris par amour la forme d'un taureau pour enlever la belle Europe. Jason parvient à mettre au joug deux cornus récalcitrants. On le célèbre pour cet exploit. Mieux encore, Thésée affronte et tue le Minotaure crétois, monstre né des amours coupables de Pasiphaé avec le taureau que Poséidon avait fait sortir de la mer. De Crète nous parvient encore ce témoignage énigmatique d'athlètes qui basculent en pirouettes sur des cornes dressées... Lutte ou jeu? Culte ou combat? Acrobates téméraires ou simples officiants? Mais de quel rite? Car il y eut rite assurément.

Bien avant l'apogée de Rome, le culte touche l'ouest du bassin Méditerranéen, notamment la péninsule Ibérique et le sud de l'actuelle France qui ont gardé des traces archéologiques de cette dévotion. Hercule capture les taureaux que Gérion fait paître en Bétique, l'Andalousie d'aujourd'hui. Dans l'ancienne Ibérie, dont la forme est celle d'une «peau de taureau tendue», les vestiges du vieux mythe taurin sont multiples.

Mithra, le sacrifice rituel

Originaire de Perse, le culte de Mithra, rival du christianisme naissant, est l'aboutissement et comme le résumé des diverses religions du taureau. Il reproduit fidèlement le processus de la domestication, de ses échecs d'abord, de son succès enfin.

Un millénaire et demi av. J.-C., en Crète, le sacrifice du taureau est précédé de scènes qui plongent dans la perplexité : s'il est possible à un être humain de se suspendre aux cornes de l'animal, ou encore de sauter par-dessus son échine et de pivoter en appui sur les mains, les deux exploits face à un cornu agressif ne peuvent aucunement s'enchaîner. L'artiste a-t-il représenté sur la même image deux exercices différents? C'est probable mais cela reste mystérieux.

Pour les Egyptiens, le taureau était l'animal le plus digne d'être sacrifié aux dieux (page de gauche). Dans tout l'Orient ancien, le fauve était lui-même considéré comme un dieu.

Religion simple et bien adaptée aux mentalités du temps, le culte de Mithra, rapporté d'Asie par les soldats et les marins se répand lentement dans tout l'Empire romain lors du premier millénaire avant J.-C. Le sang purificateur du taureau asperge les initiés promis à la vie éternelle. A vingt siècles de distance, Picasso retourne aux sources de la culture taurine, jusqu'à faire de l'animal-totem une véritable épure.

Le dieu Mithra, après une longue lutte, capture et enferme le taureau sauvage. Mais le rebelle fuit. Allié de Mithra, le soleil envoie alors son messager, un corbeau, qui impose le sacrifice de l'insoumis. Tel Abraham, Mithra se résigne. Avec son chien, il retrouve le taureau, le maîtrise et l'immole. Des chairs de l'animal supplicié surgissent alors les céréales, de son sang la vigne, et de sa semence toute la lignée des animaux utiles. La symbolique est transparente...

Certes, pour l'essentiel, l'égorgement rituel du taurobole diverge de la tauromachie car le culte n'est pas assimilable au combat, et Mithra égorgeait sans risque l'animal soumis et bienfaiteur. Le combattant de taureau tuera, à grands périls, l'animal libre et porteur de mort. Mais la mémoire collective des peuples héritiers de la *Mare Nostrum* gardera de ces rites une image du taureau désormais subjective et chargée de symboles.

Tous deux dangereux, l'aurochs et le bison européen (ci-dessous) sont souvent confondus, à tort. Inapte à la domestication comme à toute forme de combat, le bison disparaîtra vers 1920.

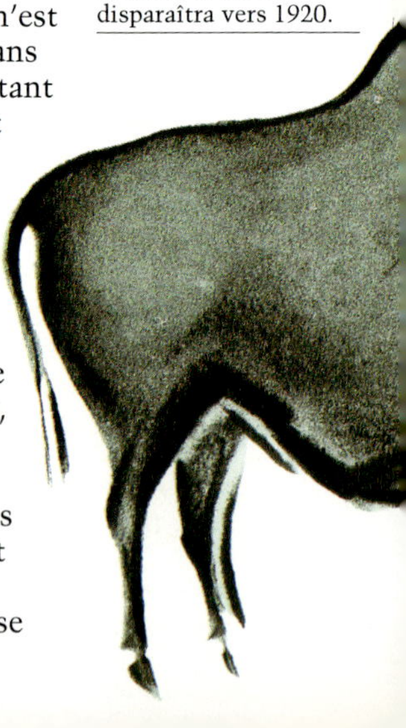

La résistance à la domestication

Des rives de l'Atlantique à celles du Pacifique, de la toundra arctique aux limites du désert africain, on distingue, au début de notre ère, trois grandes familles d'aurochs primitif : l'européen, parfois colossal, aux cornes redoutables ; l'africain, moins corpulent, aux cornes basses ; l'asiatique, souvent noir, aux cornes relevées, ancêtre possible de l'actuelle race camargue. Ces trois souches vont se déplacer et se mêler au rythme lent des migrations des hommes, particulièrement en péninsule Ibérique, point de rencontre des deux principaux axes de migration au nord et au sud du bassin Méditerranéen. Des hardes d'aurochs y survivent à l'état sauvage et leurs réduits accueillent fréquemment des bovidés domestiques, en fuite ou livrés à eux-mêmes.

Les refuges les plus profonds de la sauvagerie taurine seront pendant longtemps les grandes forêts de l'Europe centrale où l'ultime aurochs disparaîtra au XVIIe siècle, les deltas déserts des grands fleuves tels le Rhône, l'Adour ou le Guadalquivir, soit en général toutes les zones isolées. On peut dire que l'acte taurin plonge ses racines dans cette résistance à la domestication. Mais, très postérieure à la chasse et au culte dont elle porte cependant des influences encore visibles, la tauromachie s'en écarte profondément.

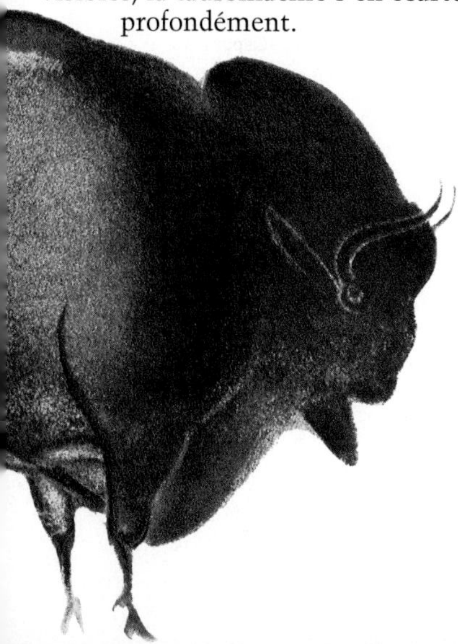

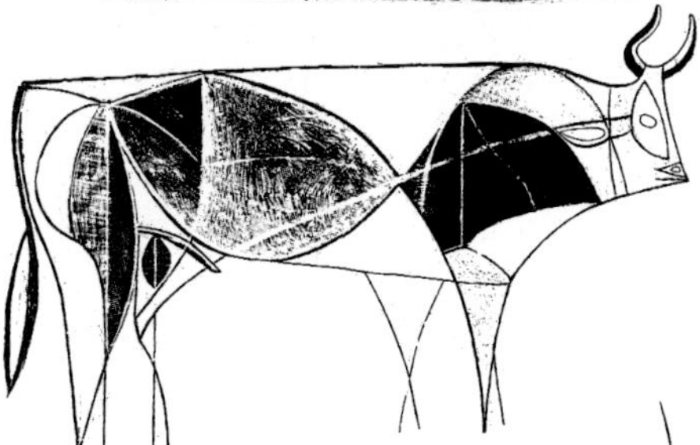

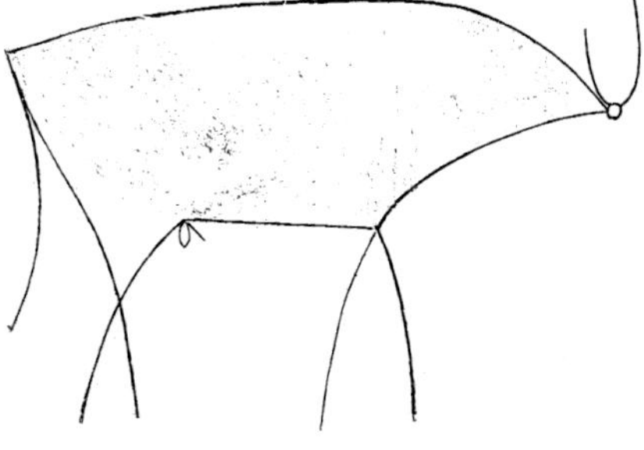

Iohā Stra
num ·

De l'Antiquité au Moyen Âge, l'aurochs, ou bœuf sauvage, fut chassé partout en Europe et au Proche-Orient. Il est le gibier royal de grande vénerie que les Celtes pratiquent à courre avec des chiens sélectionnés, ancêtres probables des dogues bordelais, des bull-dogs (littéralement «chiens de taureau») anglais et des Alanes, ou molosses espagnols. Charlemagne le trouvait dans les forêts voisines d'Aix-la-Chapelle. Jusqu'au XIIIe siècle, des taureaux sauvages survivent près de Londres. Décimé par les déboisements et les défrichements, l'authentique aurochs primitif disparaît au XVIIe siècle. En Espagne cependant, les caractères sauvages du fauve ont été préservés. Des descendants de races très anciennes et peu touchées par la domestication subsistent également dans d'autres pays d'Europe : à Chillingham Park, en Angleterre, où des bovins vivent à l'état sauvage depuis 1220, et dans les réduits les plus profonds de la montagne basque hantés par des *betisoaks*, ou vaches farouches.

Rome, berceau de la tauromachie

Il existe une indéniable parenté entre certaines formes de jeux romains et l'actuelle corrida. Au Ier siècle, Jules César, qui a chassé l'aurochs en Thessalie, introduit le taureau sauvage dans les *venationes*. Ce spectacle matinal précédait le *munus* vespéral, les combats de gladiateurs dont les affrontements sont bien connus alors que les *venationes* le sont moins car il s'agissait d'un jeu secondaire quoique très prisé. On y voyait des démonstrations d'athlètes, des combats d'animaux et des exhibitions qui s'apparentaient aux scènes de chasse transposées en champ clos.

C'est là l'origine de la tauromachie. Les Romains ont inventé sa toute première forme : «On les excitait, surtout les taureaux, à coups d'aiguillons piqués par des *taurarii* ou *taurocentae*, aidés de *successores* (des *peones*, si l'on veut!). On leur brûlait la peau avec des torches, on leur présentait un mannequin bourré de foin (*homo fœnus*); des chiens – des molosses – accompagnaient les chasseurs et

Première arène ronde, l'amphithéâtre des Romains était un édifice de taille impressionnante : témoin le Colisée qui pouvait accueillir près de cent mille spectateurs !

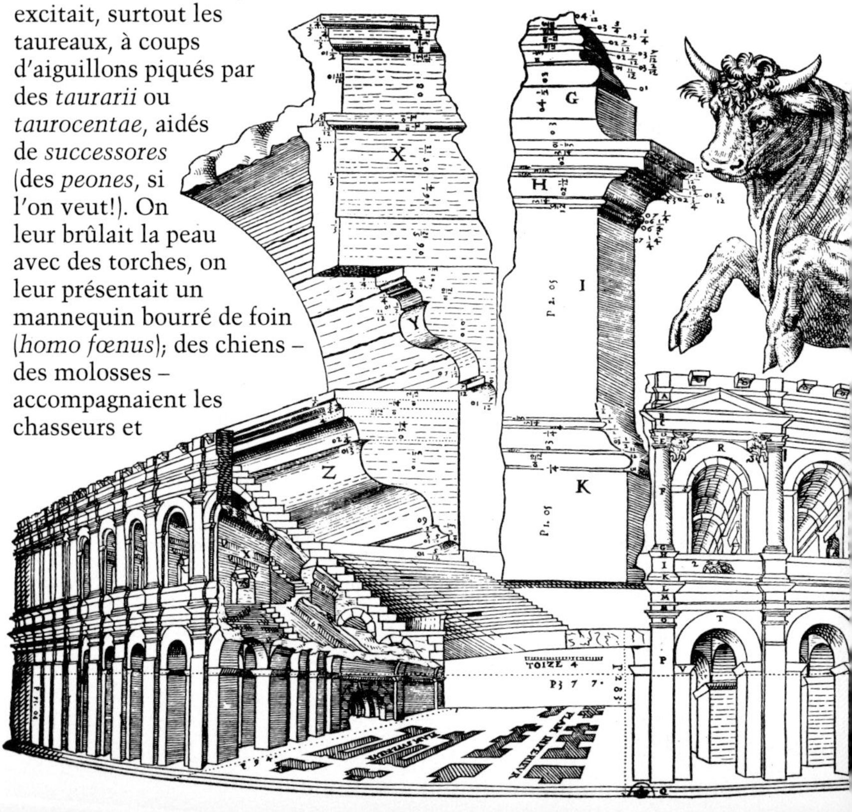

leurs comparses, lesquels se livraient à des tours d'acrobatie, sautaient à la perche, ou glissaient dans des paniers sphériques, exécutaient feintes et razets, se réfugiaient dans des tourniquets à cloison dressés au centre de la piste (cochlea), escaladaient des murs factices, et [...] sur un diptyque byzantin, on voit un de ces personnages se servir d'un morceau d'étoffe» (Francis Cantier, Toros, 1982). La cérémonie débutait par la pompa, le défilé solennel des acteurs, comme aujourd'hui la corrida débute par le paseo. On agitait des pièces d'étoffe pour marquer sa satisfaction, comme de nos jours à Séville on agite un mouchoir.

Ci-dessus, le *taurocentae* romain affronte le taureau à la lance. Quinze siècles plus tard, on retrouvera en Espagne le même geste de combat, sous le nom de *lanzada de a pié*.

Et le chasseur devint cible

Jules César, le chasseur, a donc suscité les premiers actes taurins. Ils ont surgi naturellement de la pratique grecque de pourchasser le cornu à pied ou à cheval avec des chiens. «Venationes» a donné «vénerie», et «corrida» vient de l'acte cynégétique fondamental de «courre» la bête avec des chiens. A Bayonne, dix siècles après le Colisée, les chiens seront encore utilisés lors du lâcher de taureaux :

«Per los far corre en le bilhe abs canhs (Pour les faire courir en ville avec des chiens).»

A un millénaire de distance, à Rome comme à Bayonne, l'acte taurin, c'est-à-dire la situation du danger voulu, part donc de l'enfermement d'une action de chasse à la traque. La tauromachie, qui est combat, naît au moment précis du renversement des rôles traqueur-traqué, à l'instant du basculement psychique, quand le gibier fait front et

En Gaule, une cinquantaine d'édifices bâtis au cours des deux premiers siècles de notre ère témoignent de l'engouement exceptionnel pour les jeux du cirque. Cette vogue laisse penser que les jeux étaient en Gaule, sous l'habillage romain, le prolongement d'anciens rites celtes.

quand le chasseur devient cible. Ce passage de l'acte de chasse à la tauromachie est rendu inévitable par la réduction de l'espace au champ clos de l'arène ou restreint de la rue. L'instinct agressif déclenche alors sa réponse, la bête poursuivie se met à charger. La seule mention des «tourniquets-refuges» au Colisée en donne la preuve.

Si, à Rome, le gladiateur, ou le bestiaire, est un individu mis à l'écart et même au ban de la société (ci-dessous), le chasseur carolingien est un aristocrate qui pratique un loisir dangereux, utile au guerrier (ci-dessous).

Les contradicteurs se manifestent d'entrée de jeu

Les jeux du cirque avaient à l'origine le sens religieux d'un hommage funèbre. Ils perdirent rapidement ce caractère sacré pour devenir un divertissement profane, ce qui leur valut très vite la réprobation des meilleurs esprits contemporains. Les derniers sages de la Grèce se détournaient avec horreur de cette «barbarie».

Imprégné d'hellénisme, Cicéron donna très tôt à Rome le signal de la censure. Ce qui choquait, c'était la gratuité de ces massacres dont la cruauté malsaine, de plus en plus voulue et accentuée, provoquait le dégoût et la honte. Auteur de la fameuse formule *Panem et circenses*, l'austère Juvénal y voyait le symbole d'une décadence générale des mœurs dans une société malade.

Avec la vague de fond chrétienne, les premiers interdits vont apparaître aux IIIe et IVe siècles. Fuyant ces jeux avec dégoût, les chrétiens ont des raisons personnelles autant que doctrinales de condamner la tauromachie. N'oublions pas Blandine, épargnée par les carnassiers, torturée, et finalement achevée par un taureau en 177 à Lyon.

C'est ainsi que les premiers empereurs baptisés prohibent les jeux du cirque… ou plutôt, ils interdisent les *munera*, les

combats exclusivement de gladiateurs, mais ils épargnent les *venationes* qui se prolongent bien après le déclin de Rome. On les retrouve à Byzance au Ve siècle où les empereurs chrétiens d'Orient doivent en interdire la célébration le dimanche et l'accès aux gens d'Eglise en semaine...

Pour des raisons théologiques évidentes, et d'abord pour leur appartenance fondamentale au paganisme, l'Eglise ne pouvait que condamner les jeux du cirque. Saint Augustin le premier fulmine au Ve siècle. Mais déjà apparaît la première contradiction : le bon père est obligé de réprimander fermement son disciple et ami Alypius, futur évêque de Thagaste en Numidie, surpris à l'amphithéâtre «ivre de sanglante volupté», selon l'expression même du saint.

Survivance des jeux qui ont essaimé partout sur le territoire de l'Empire romain, les *venationes* du taureau vont faire florès en Hispanie et dans le sud des Gaules.

Dès la plus haute Antiquité, on vénérait et redoutait tout à la fois la force du «taureau des montagnes». Trois millénaires plus tard, l'Espagnol affronte avec respect le même rebelle, *el toro montaraz.* Dans un système féodal en lutte permanente contre le Maure, l'homme du peuple défiait lui aussi la bête noble.

C'est dans le piémont des Pyrénées, à l'ouest, aux approches de l'an mil, qu'apparaissent les premières résurgences des jeux ou des combats du taureau. Entre l'Ebre et la Garonne, au pays des anciens Vascons. En fait, il n'existe pas de documents qui établissent la continuité entre les *venationes* de Rome et les premières «corridas» ibériques. Mais leurs analogies sont frappantes.

CHAPITRE II
DE LA FÊTE AU SPECTACLE

Le plus ancien texte taurin connu date de 1135 et cite la localité de Varea, près de Logroño, où se courent des taureaux pour le couronnement d'Alphonse VII de Castille. En 1263, par le *Codigo de las Siete Partidas* (extrait, page de gauche), Alphonse X le Sage devient le premier législateur de la tauromachie.

La tauromachie apparaît donc, ou reparaît, dans la vieille Espagne médiévale et chrétienne sous trois formes : d'abord celle du divertissement populaire et spontané du lâcher de taureaux. De ce tronc culturel commun immémorial, se distinguent deux fêtes qui vont s'organiser en spectacles : la joute aristocratique équestre de Castille et la corrida à pied de Navarre.

Ces trois tauromachies prennent leur source dans la survivance prolongée des caractères primitifs de l'aurochs. A ce facteur naturel s'ajoute le génie propre des Celtibères, le «gène» taurin, cette aptitude à cultiver l'«amitié tragique et deux fois millénaire de l'homme espagnol et du toro de combat».

Fait remarquable, l'Espagne chrétienne coïncide avec l'Espagne taurine. L'autre, la musulmane, est silencieuse sur la tauromachie. Certes, les chevaliers maures descendront dans l'arène, poussés sans doute

La corrida qui se déroula en 1507, en l'honneur de Philippe le Beau, à Benavente (ci-dessous), est une forme de tauromachie très primitive, proche de la chasse. Encore pratiqué à Tordesillas, le *Toro de la Vega* passe toujours sous les fenêtres du couvent où fut recluse Jeanne la Folle, l'épouse de Philippe. Le lancer de dards, ou *azagayas*, a disparu mais l'animal est encore servi à la lance.

par l'émulation. Mais la tauromachie restera toujours pour l'essentiel étrangère aux structures mentales de l'Islam.

Les premières tauromachies ibères

L'origine de toute forme de tauromachie est un miracle écologique : le maintien naturel des caractères primitifs de l'aurochs préhistorique. Cette résistance à la domestication s'explique par la géographie et l'histoire. En Espagne, des troupeaux se sont toujours maintenus dans l'isolement farouche de régions difficiles d'accès ou de vie –

On a longtemps cru que les Maures étaient à l'origine de la tauromachie. Goya a imaginé *El animoso Moro Gazul*, le valeureux Maure Gazul, pour illustrer cette erreur historique.

delta du Guadalquivir, ainsi que ceux du Rhône et de l'Adour en France, bardènes de Navarre, plateaux castillans steppiques et rudes. Par ailleurs, de 711 à 1492, les luttes permanentes entre la Croix et le Croissant ont laissé d'immenses zones incontrôlées.

Là, dans une nature libre et en réponse aux pressions d'un milieu hostile, s'est préservée l'agressivité de l'aurochs et de son descendant le plus proche, le *toro bravo*, c'est-à-dire sauvage, depuis la préhistoire jusqu'à nos jours. Il a servi de matière première à la plus ancienne et la plus simple des tauromachies, celle du lâcher de taureaux dans les rues et sur les places. Cette tradition naïve de jouer dangereusement avec le cornu farouche est commune à tous les peuples du taureau, de Gibraltar à la Gironde et de Lisbonne à la Camargue. Elle a suivi les conquistadores et s'est répandue dans toute l'Amérique hispanique. Informelle et populaire, anarchique et gratuite, son origine se perd dans la

Depuis le Moyen Age, l'*encierro* (ci-dessus) est pratiqué en Espagne et dans le Sud-est français : des cavaliers conduisent un troupeau, ou manade, de taureaux braves, à travers rues et places d'une localité pour les enfermer (*encerrar* en espagnol) dans un enclos. Des piétons attendent, précèdent et accompagnent en courant le troupeau lancé à grand galop. Les accidents sont toujours possibles…

nuit des temps. Très vivace, elle est aujourd'hui encore à l'origine de la passion taurine. On l'appelle *capea*, *toro del aguardiente*, *fiesta de corralejas* ou *vache de onze heures* selon les lieux de la planète taurine. Obligatoire dans la fête du plus petit village, elle se termine sans mise à mort, sauf exception comme pour le *Toro de la Vega* à Tordesillas, près de Salamanque. Depuis le XVIe siècle au moins, le taureau y est pourchassé chaque année, puis abattu à l'issue d'une traque périlleuse et brutale qui rappelle l'origine cynégétique de la tauromachie.

Une autre tauromachie très ancienne est l'enfermement d'un troupeau, ou manade, qui traverse en trombe les rues d'une ville, précédé et accompagné par une foule de *corredores*, coureurs volontaires et audacieux. Cette manœuvre, appelée *abrivado* dans le sud-est de la France, est très pratiquée dans la partie nord de la péninsule Ibérique sous le nom d'*encierro*.

A Bayonne, soudain...

La plus ancienne mention d'un divertissement taurin populaire date du XIIIe siècle, à Bayonne. La citée est alors rattachée à la lointaine suzeraineté d'Edouard, roi des Anglois et premier du nom. Des dissensions internes ont imposé à la ville un arbitrage supérieur. Envoyé par Edouard, Hugues de Broc

Au XVIe siècle, l'abattoir de Séville (ci-dessous), est relégué hors les murs. Cette cour des miracles taurine devient l'université permanente de la tauromachie. On y côtoie les chiens de bouchers, les Rinconete et Cortadillo immortalisés par Cervantes. En 1723, un boucher bayonnais, Arnaud Bergeret, se plaint de voir sa «tuerie» encombrée d'une jeunesse détestable, «fils de famille et saute-ruisseaux mêlés», qui joue au taureau chaque jour et l'empêche de travailler.

profite de sa mission pour réorganiser un peu la vie communale. En 1289, il réglemente la puissante Corporation des *carnassers* – les bouchers.

Ce texte établit la preuve que cette forme de tauromachie primitive, toujours vivante à Bayonne, a au moins sept siècles d'existence : «Item et pareillement, il est établi et défendu aux dits bouchers de ne lâcher taureau, bœuf ni vache pour les faire courir en ville, avec des chiens ou autrement, sans l'autorisation du dit Maire ou de son lieutenant, sous peine de perdre les bestiaux et autres amendes arbitraires à la discrétion du dit lieutenant et de réparer les dommages.» Et tout indique dans sa rédaction qu'il s'agit d'une pratique familière et bien antérieure à sa réglementation. Est-il trop audacieux de penser qu'elle remonte, sans solution de continuité, au vieux fonds culturel gallo-romain de l'antique Lapurdum, la Bayonne des Romains ?

Deux écoles : l'espagnole et la navarraise

Sur la base de ces jeux populaires vont se détacher des rameaux distincts, des tauromachies particulières, celles-là organisées en spectacles. Elles sont l'apanage des souverains, renouant ainsi avec la pratique romaine qui réservait au pouvoir politique le privilège d'offrir les jeux du cirque ou de déléguer ce droit.

Les premières mentions de ces fêtes royales du taureau remontent au très haut Moyen Age. On les trouve dans la chronique de Castille,

Le Cid, anachroniquement vêtu par Goya, affronte le taureau à la lance sur la plaza mayor.

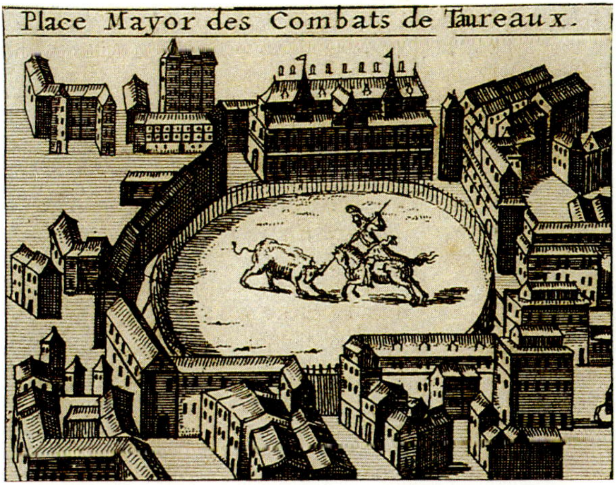

Jusqu'au XVIe siècle, l'assaut à la lance répond à une nécessité guerrière, celle d'entraîner le chevalier chrétien en croisade permanente contre le Maure. La *lanzada* est donc d'abord utilitaire. La Reconquête achevée en 1492, le combat équestre découvre la gratuité. L'aristocratie prolonge son tournoi dans la fatuité de la bravoure pure. Elle devient alors *aficionada*.

où il est rapporté qu'à l'occasion de la réunion des *Cortes* – sorte d'états généraux – de 815, il se combattit chaque jour des taureaux. Il est cependant difficile de tenir cette donnée pour certaine, car elle fut consignée quatre siècles plus tard dans le *Codigo de las Siete Partidas*, littéralement code des sept parties, sous la dictée d'Alphonse X le Sage qui ne cite pas sa source ni la tradition orale qui la soutient. Entre autres dispositions, il est porté condamnation à trois reprises contre les gens qui perçoivent de l'argent pour combattre les taureaux... Textuellement : «*Ome que recibiesse precio para lidiar.*» Il faut voir dans cet interdit la preuve, irréfutable, semble-t-il, qu'un embryon de tauromachie professionnelle et populaire, existait déjà, et que le phénomène n'avait rien d'exceptionnel.

Le code engage l'histoire de la corrida pour quatre siècles, fondant une sorte de schisme taurin fondamental. De fait, jusqu'au XVIIIe siècle, deux tauromachies parallèles vont s'ignorer : l'espagnole, équestre et aristocratique, permise par le code castillan, lequel confisque la pratique taurine au profit d'une caste servie par des valets, ou *peones*, et relègue la tauromachie populaire toujours très vivace au rang d'un divertissement sommaire, populacier et sans perspectives; la navarraise, piétonne et populaire.

Cette étrange composition, qui met en scène une sorte de tauromachie dans un cadre de ruines romaines, n'est pas complètement fantaisiste. En effet, l'Italie médiévale a connu des spectacles taurins. A la Renaissance, les Borgia, en fait originaires de Borja en Aragon, leur redonnèrent une vogue passagère, mais intense. Le lundi de carnaval, en 1519, une grande course de taureaux eut lieu place Saint-Pierre, en présence de Léon X, le pape des indulgences qui provoquèrent la réforme de Luther. La chronique mentionne que le prélat dépensa une petite fortune pour les costumes des combattants. Elle ajoute que quelques «pauvres hommes» y trouvèrent la mort. L'époque était déjà rude ! Ces tauromachies italiennes continuèrent jusqu'à l'interdiction de Pie V en 1567.

Le chevalier à la lance se prépare pour l'assaut frontal avec le fauve qu'il attend à l'arrêt ou qu'il provoque en se portant à sa rencontre. Charles Quint se risqua à cette tauromachie rude. L'homme à pied ne s'y prête que rarement.

De cette forme nordique de tauromachie dépend l'actuelle corrida à laquelle la Navarre a légué un capital inestimable et peu reconnu. Du fait de l'importance politique que prendra la Castille, devenant Espagne et absorbant la Navarre en 1530, la première éclipsera la seconde.

Du XIIe au XVIIe siècle, entre deux empoignades avec le Maure, et deux expéditions aux Nouvelles-Indes, la Castille, face au taureau, cultive sa bravoure cavalière, son efficacité militaire et, bientôt, son élégance de première cour européenne. A l'occasion de tout événement heureux – naissance ou noce royale, couronnement, victoire des armes, traité avantageux–, se donne, en place publique, la noble et royale fête du Taureau.

En Castille, de la lance au rejon

Au long de son histoire, on peut distinguer deux formes de combat résultant de l'évolution des techniques guerrières, donc de l'art d'abord militaire de monter à cheval : la *lanzada* et le *rejon*. Au temps de l'armure, quand la cavalerie constituait la principale force d'assaut, on chaussait l'étrier long pour recevoir le choc frontal à la lance. Debout en selle, le cavalier faisait passer l'essentiel de ses indications par le mors et les éperons. C'est la rude équitation à *la brida*. Et comme le Cid Campeador, la noblesse castillane a donné la *lanzada*, le coup de lance au taureau sur la plaza mayor, sous le regard satisfait du souverain et celui attendri des belles dames. Puis la poudre à canon allait condamner les solennelles percussions à l'arme d'hast, devenue pique, et abandonnée aux mains de la piétaille, la fameuse infanterie espagnole du siècle d'or, la reine des batailles…

Dorénavant on se tue à distance. Aussi, la monte s'allège, s'affine, se raccourcit. Elle doit être plus précise pour permettre d'aller plus vite et de tourner plus court sans que les brusques changements de direction fassent perdre l'assiette. Il faut donc remonter, serrer les jambes plus fort et chausser plus court. C'est l'équitation à *la jineta*. Les indications du cavalier à sa monture passent de plus en plus par les genoux.

Dès lors, on ne va plus affronter le taureau à la lance face-à-face, *rostro a rostro*, à l'arrêt, hampe bloquée sous l'aisselle, ou au lourd trot d'assaut du «rocin aux yeux bandés». Désormais, on va tauréer au galop, en contournement, et au *rejon*, sorte de javeline, tenue à bout de bras, coude levé, et dont la pose n'oblige pas à un appui profond sur les étriers.

C'est la tauromachie équestre propre au XVIIe siècle.

Notons que le rôle des serviteurs du cavalier – laquais, valets ou *peones* – se transforme avec le passage de la lance au rejon. D'abord simplement commis au mors du cheval d'assaut pour le placer et attirer sur lui l'attention du taureau par diverses provocations, les serviteurs prennent de l'importance avec la course au rejon, plus subtile et plus technique. C'est le *toro* qu'il s'agit de placer maintenant. D'autre part, au moindre incident malheureux subi par le cavalier – chute, blessure du cheval, perte de l'arme, du chapeau, d'un simple gant –, l'étiquette pointue de Castille lui impose l'obligation d'honneur, l'*empeño*, de mettre pied à terre et de venger incontinent l'«affront» à l'épée. Raison pour laquelle, au début du XVIIIe siècle, on voit les aristocrates de Séville ou de Cordoue s'entourer pour le combat non plus de gens de maison, mais d'un personnel beaucoup plus qualifié et spécialisé.

Ainsi, les familles des Costillares, tripiers à l'abattoir de Séville, et des Romero, charpentiers à Ronda, ont d'abord fourni des lignées de valets d'armes attachés aux Reales Maestranzas de Caballeria, sortes d'académies d'équitation où se pratiquait couramment l'entraînement au combat du taureau. De ce creuset de formation très concrète sortiront les premiers toreros professionnels andalous.

Le combattant à pied s'est d'abord appelé *mata-toros* (littéralement «tue-taureaux»), puis toreador jusqu'au XVIIIe siècle, et enfin torero ou matador s'il tient le premier des rôles, dès que ceux-ci sont différenciés et hiérarchisés. Ils hériteront alors des acquis d'une tauromachie émancipée qui a évolué loin d'eux pendant quatre siècles : la corrida navarraise.

La tauromachie à pied de Navarre

Dans une région suffisamment arrosée et sur un territoire longtemps bloqué par la puissance arabe, puis par ses voisins chrétiens, la Navarre est un pays de petites et moyennes propriétés qui ignore le poids écrasant d'une noblesse militaire de conquête, omnipotente en Castille. En Castille, puis en Espagne, la tauromachie sera équestre et aristocratique jusqu'au XVIIIe siècle. En Navarre, elle restera toujours piétonne et populaire.

La corrida y est professionnelle. C'est que la gratuité aristocratique de l'exploit n'a pas une valeur très convaincante pour l'homme du peuple étranger à cette élégance de nantis. Et moins encore pour le Basco-Navarrais, imprégné de la culture du pari, du réflexe naturel du défi, de l'*apuesta* rémunérée. En Navarre, dès le XIIIe siècle, il était d'usage de payer des *mata-toros*, des tueurs de taureaux… à gages.

Au XVIe siècle, la corrida de Navarre se distingue par la richesse naïve de son répertoire. On y affronte le taureau de pied ferme et en groupe serré appelé *palenque*, sorte de rempart humain armé de triques et d'épieux. Autre figure, celle d'un trompe-la-mort qui provoque la charge du cornu et se laisse tomber au dernier moment dans une *tinaja*, une énorme jarre enterrée dans le sol de l'arène. Mais l'exploit le plus prisé était celui de la *lanzada de a pie* : l'arme fichée en terre, le mata-toros attend seul la sortie du fauve qui vient s'enferrer sur la lance… dans le meilleur des cas. La corrida navarraise est la toute première version de l'actuelle corrida.

Les gestes du labeur sont repris dans l'arène

Le professionnel navarrais ne conçoit pas de risquer dans l'arène un outil de travail aussi précieux que le cheval. Pour combattre le taureau, il va s'inspirer d'abord des gestes quotidiens du travail. A l'origine de la tauromachie navarraise, il y a nécessité *laboral*, laborieuse, celle des gestes obligatoires dans l'exercice d'une profession risquée : le métier du *pastor*, du bouvier. La surveillance du bétail s'effectue traditionnellement à pied car les espaces restreints et accidentés n'imposent pas le recours au cheval.

Aussi, trois gestuelles de base s'imposent quand un homme à pied approche, de près et sans la cape castillane, du bétail agressif : la course, l'écart ou la feinte, enfin le saut dans les situations de grande urgence. C'est là le fonds éminemment athlétique de la tauromachie nordique.

En 1701, Bayonne importe une course de ce genre pour fêter le passage de Philippe d'Anjou, petit-fils de Louis XIV, désigné comme nouveau roi d'Espagne par le testament de Charles II. Du récit des jurats bayonnais, on peut tirer de multiples enseignements. On apprend notamment que le cérémonial du spectacle toujours en vigueur de nos jours est déjà nettement élaboré : *paseo*, salut aux autorités, train de mules pour tirer les taureaux morts, clarines. La spécificité du costume est déjà établie. On note encore que les Navarrais ont jeté les bases techniques des jeux de cape. Ils furent de remarquables exécutants d'un répertoire déjà riche où l'on peut reconnaître les formes premières de la *véronique* du *frente por detrás*, des *galleos* sans oublier la célèbre *navarra*

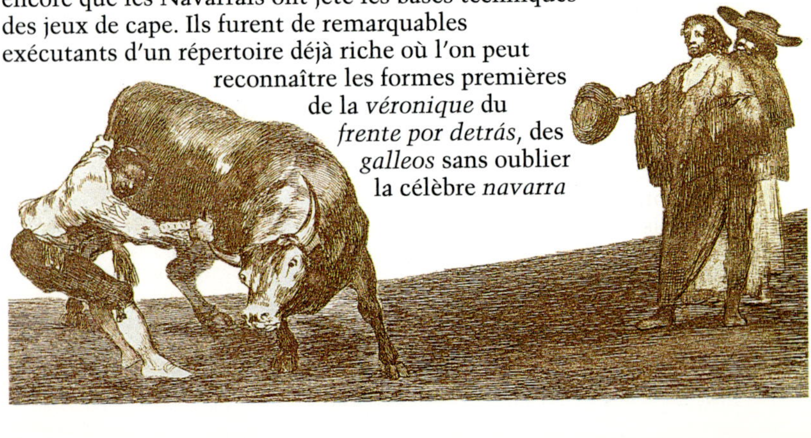

qui fut la première version de l'actuelle *chicuelina*.

De plus, toutes les techniques de la pose des banderilles, spécialité qu'ils ont dominée de toutes leurs facultés physiques, sont mises au point. Dès 1701, les banderilles sont posées à deux mains et de pied ferme, au *quiebro*, aussi bien qu'à la course. Plus d'un demi-siècle avant l'apparition du spectacle moderne, son économie générale est donc fixée par les Espagnols du Nord.

L'Eglise réprouve les pratiques taurines

D'évidence, l'exposition gratuite de l'homme au péril de sa vie, voulue par les uns face au taureau et admirée par les autres en spectateurs, est incompatible avec la morale chrétienne et le droit

Dernier souverain de la dynastie d'Autriche, Charles II préside l'une des ultimes grandes joutes équestres sur la plaza mayor de Madrid.

La tauromachie à pied de Navarre s'inspire d'une nécessité professionnelle (page de gauche) : maîtriser par la manœuvre du *mancornar* un taureau récalcitrant pour le marquer ou le soigner.

canonique car elle offense le Créateur, maître de toute vie. Aussi l'Eglise a-t-elle mené une longue lutte contre la tauromachie.

C'est en Espagne que le débat s'est d'abord élevé. Cependant, le combat du taureau y coïncidait souvent avec une fête religieuse, et ses bénéfices alimentaient les œuvres charitables des paroisses ou des communautés pieuses... ainsi que ceux de certaines maisons dites de tolérance dans l'Espagne cervantesque. Il fallait donc transiger, d'autant que la passion populaire pour le spectacle mettait l'interdiction en grand danger d'être bafouée ou contournée.

Dès 1489, une voix forte s'élève : celle de Tomàs Torquemada,

Les Torquemada, Juan et Tomàs l'inquisiteur, ont donné le signal de la lutte antitaurine et antisémite. Ils n'appréciaient guère le type social marginal du torero qui menait une vie souvent dissolue.

Le costume des toreros est d'abord celui des jeunes élégants madrilènes de la moitié du XVIIIe siècle, les *majos* et *chisperos* équivalents de nos gandins et mirliflores. Le taffetas et la soie de parade ont remplacé le cuir et le daim protecteurs des premiers mata-toros. Le vaste chapeau d'origine, le *chambergo*, et la longue cape castillane, seront interdits en 1766 par le ministre Esquilache qui les trouve trop «espagnols» pour son goût. Enrichi et stylisé, ce costume deviendra *el traje de luces*.

Grand Inquisiteur. Mais Grenade reste à prendre et les Rois Catholiques ont d'autres soucis. L'évêque Tomàs de Villanueva revient bientôt lui aussi à la charge et la reine Isabelle, émue par la mort de deux hommes sous ses yeux, impose un temps l'emboulage des cornes. C'est que la tauromachie est alors particulièrement meurtrière. En 1567, le pape Pie V interdit la tauromachie par la bulle *De salute gregis*. Philippe II, sachant ce qu'il peut lui en coûter de priver son peuple, et surtout sa noblesse, du combat du taureau, ne publie pas la bulle, attend et négocie. Successeur de Pie V, Grégoire XIII libère en 1575 les laïcs de l'interdiction. Mais en 1583, Sixte V rétablit la sanction que lève Clément VII en 1596.

En France, au milieu du XVIIe siècle, Gilles Boutault mènera lui aussi, dans son diocèse d'Aire-sur-l'Adour, un combat finalement perdu. Il dénonce notamment les excès et les horreurs de la promiscuité des sexes opposés sur les gradins... En Espagne, privée de l'appui du pouvoir temporel, l'Eglise ne pourra jamais extirper une pratique où elle sent à juste titre quelques relents de paganisme.

Ex-voto rappelant que les victimes des *capeas* se comptaient par centaines chaque année dans l'arène. Voilà qui justifiait les foudres pontificales...

Philippe d'Anjou, devenu Philippe V d'Espagne en 1701, n'a pas aimé la course de Bayonne. Sans doute fatigué par le long voyage officiel, distrait par les soucis d'un avènement difficile et contesté, porteur d'une guerre inévitable, le jeune roi marque une nette distance par rapport à la tauromachie qui va prendre un nouveau tournant.

CHAPITRE III
NAISSANCE DE L'ACTUELLE CORRIDA

Témoin de son temps, Goya (1746-1823) fut probablement torero amateur dans sa jeunesse. Il s'est représenté ici en costume rouge, dans le personnage principal de cette humble *novillada*.

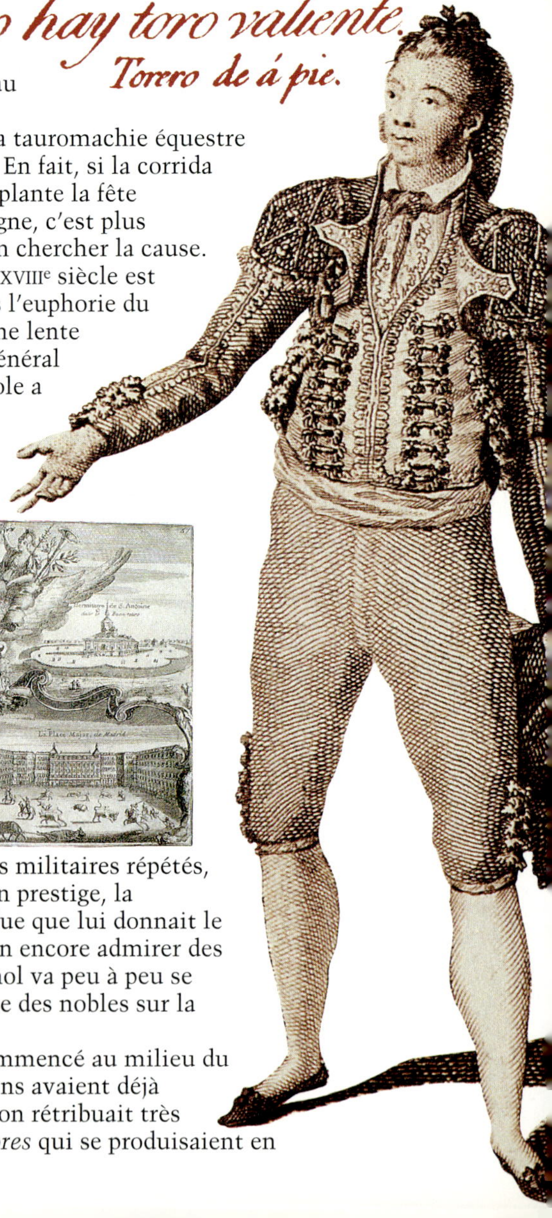

On a longtemps attribué au seul dédain de Philippe V la cause de l'abandon de la tauromachie équestre par la noblesse espagnole. En fait, si la corrida professionnelle à pied supplante la fête aristocratique sous son règne, c'est plus profondément qu'il faut en chercher la cause.

L'Espagne qui aborde le XVIIIe siècle est presque moribonde. Après l'euphorie du Siècle d'or, le XVIIe a été une lente catastrophe. Le désastre général subi par la société espagnole a gravement discrédité la noblesse militaire et latifundiaire, jusqu'alors toute puissante.

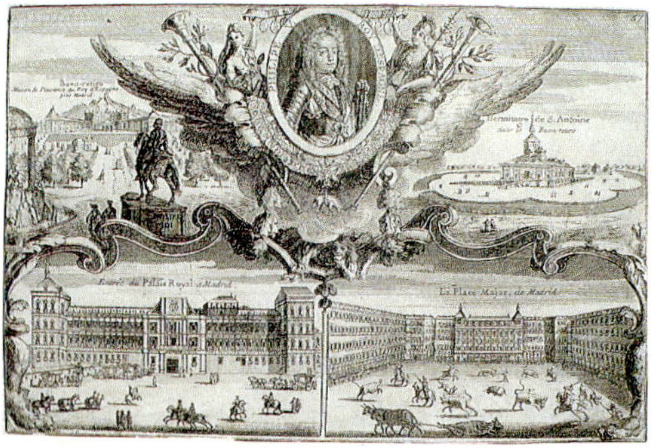

Elle a perdu dans les revers militaires répétés, avec une bonne part de son prestige, la prééminence sociale absolue que lui donnait le port des armes. Or, peut-on encore admirer des vaincus ? Le peuple espagnol va peu à peu se détourner de la fête taurine des nobles sur la plaza mayor.

En fait, l'évolution a commencé au milieu du siècle précédent. Les piétons avaient déjà envahi l'arène. A Madrid, on rétribuait très régulièrement des *toreadores* qui se produisaient en

alternance avec des cavaliers aristocrates ou seuls en piste, au cours de corridas exclusivement piétonnes, populaires et professionnelles, honorées par la présence des souverains.

Détail capital : tout au long de ce siècle, les toréadors de Navarre, d'Aragon et des provinces basques ont toujours été les mieux payés à Madrid, preuve évidente de la supériorité reconnue de la tauromachie nordique au XVIIe siècle.

La revanche de la canaille

Au début du XVIIIe siècle, les premiers toreros parcourent le pays en bandes plutôt qu'en équipes organisées. Des vauriens, des rufians, des aventuriers, à l'aise dans une société gagnée par le *plebeyismo,* véritable raz-de-marée populacier qui touche toutes les couches de la société, y compris les rangs d'une noblesse qui s'encanaille allègrement.

Ces bandes sont souvent dominées par un picador, tel ce José Daza, figure typique de son temps dont il incarne les turbulentes contradictions. Sorte de demi-hobereau andalou, excellent cavalier, Daza devient picador professionnel de grand renom et fréquente

Sous le règne de Philippe V apparaît le personnage du torero à pied professionnel. Celui-ci (page de gauche) affirme avec sa superbe qu'«il n'est pas pour lui de taureau vaillant», c'est-à-dire redoutable. Goya a fréquenté ces milieux pittoresques. Au temps de sa jeunesse turbulente, il dut quitter Madrid à cause d'une jolie femme. On le soupçonne de s'être caché alors au sein d'une *cuadrilla* de toreros errants, se produisant dans les arènes de villages.

Au XVIIIe siècle, les vignettes taurines (pages suivantes) furent très à la mode.

COLECCION
LAS PRINCIPALES
SUERTES
DE UNA CORRIDA
DE TOROS.

Véndese: En la librería de Piferrer, plaza del Angel.

avec une égale aisance le duc de Medina Sidonia, son protecteur, et les crapules de l'abattoir de Séville, ses distingués confrères. Il condescend à tauréer sur commande au rejon mais affiche un souverain mépris pour la monte courte à la jineta des aristocrates qu'il compare à des «singes assis au bord d'une brique», dans la position de jambes des «poulets rôtis». Son affaire, c'est la rude *vara de detener,* la pique d'arrêt de l'infanterie espagnole, l'outil de travail des vachers andalous. Là, il est insurpassable !

C'est bien l'avis du comte de Palma et du duc de Sesa, ses admirateurs. Pourtant, à l'image du roi, l'aristocratie espagnole et l'intelligentsia, *los ilustrados,* donnent furieusement dans les idées françaises d'avant-garde : l'esprit des Lumières venu avec le roi pour dominer le siècle.

Emouvante Espagne de toutes les contradictions ! Pour l'instant, elle se fracture en deux courants. D'une part, les «francisés» ou l'élite, minorité éclairée qui milite au nom de la raison triomphante dans une myriade de «Sociétés des amis du pays». D'autre part, au bas de l'échelle, l'énorme majorité silencieuse (mais bruyante) d'un peuple toisé, dédaigné, humilié dans son nationalisme spontané. Dans le tréfonds de la conscience collective de ce peuple méprisé, va naître un sentiment de xénophobie qui explosera contre l'occupant français quelque cent ans plus tard. Pour l'heure, et par dépit, l'Espagne s'adonne avec une ferveur naïve et un orgueil d'autodéfense à ce qui deviendra le symbole de l'espagnolisme exacerbé :

le combat du taureau.

Pourtant, selon le propre aveu de Daza, l'une des quatre arènes en service au milieu du XVIIIe siècle, la Real Maestranza de Caballeria de Séville, ressemble à un «bordel» ! N'importe qui, à pied ou à cheval, fait n'importe quoi, tant et si bien que «picadors, toreros et taureaux ne peuvent briller». Daza déplore encore qu'il y grouille «autant de monde en piste que sur les gradins», ce qui ne va pas sans grands périls pour les professionnels qui s'aventurent dans cette «écœurante» pétaudière. Il est temps que le peuple ordonne cette gabegie, lui donne de la tenue et de la grandeur...

La corrida découvre ses règles

Tandis que l'Europe médusée écoute sans comprendre les fracas de 1789, trois hommes vont opérer, dans le dernier tiers du siècle, la synthèse des pratiques taurines et faire triompher le nouveau spectacle qui

Héritier de la tradition chevaleresque, le picador a d'abord eu la prééminence dans l'arène. Aux débuts de la corrida, dans le courant du XVIIIe siècle, on l'appelait *varilarguero*. Propriétaire de son cheval, un animal vigoureux et mobile, et armé d'une très longue pique de trois mètres et demi de hampe, le varilarguero était indépendant et intervenait à son gré dans le combat. Jusqu'au début du siècle suivant, il reste dans l'arène tout au long du spectacle. Quand Théophile Gautier voit le grand Montes à Malaga, en 1840, c'est encore le picador qui défile en tête au paseo, mais il est déjà aux ordres du matador...

deviendra, au XIXe siècle, la *fiesta nacionál*. Ils vont rassembler dix siècles de tauromachie pour les fondre dans une idée simple : la corrida.

Aujourd'hui, trois personnages mythiques : Joaquin Costillares, Pedro Romero et Pepe-Hillo. Par leur évidente supériorité, ces hommes d'exception excluent de l'arène les non-professionnels ; ils la débarrassent des scories, surcharges et attractions diverses qui encombraient le spectacle navarrais ; ils donnent à la tragédie son unité de ton. La corrida sera désormais un genre sérieux et dramatique d'où le burlesque sera définitivement exclu.

Enfin, grâce à eux, le combat s'organise en trois temps classiques : trois «tiers», ou *tercios*, qui s'adaptent au comportement du taureau en piste et reproduisent les trois étapes chronologiques du spectacle : la phase, ou tercio de la pique, pour mesurer la force et la bravoure de l'animal, le ralentir et le préparer au dénouement. On peut y voir la réminiscence de la joute équestre et aristocratique ; le tercio des banderilles pour relancer l'animal ; enfin, celui de la mise à mort à l'épée. Les exigences techniques et morales de cette dernière étape sont donc nouvelles et proprement andalouses.

Ces créateurs sont d'abord les héritiers d'une terre privilégiée, l'Andalousie. En effet, Costillares, Romero et Hillo sont avant tout imprégnés d'une culture populaire extravertie qui les porte à exprimer d'une manière théâtrale et sincère à la fois leur sens

A la fin du XVIIIe siècle, le torero porte encore le bicorne et le combat est déjà organisé en tercios. Mais le picador garde une grande liberté d'action : il pique au galop ou à cheval *levantado*, n'ayant d'autre astreinte que celle de briller en protégeant sa monture.

du tragique et de l'esthétisme. Naturellement doués pour le spectacle, ils vont introduire dans l'arène tout un arsenal d'expressions corporelles, une gestuelle dérivée d'un folklore scénique éloquent, comme la danse dite *flamenca*. En outre, ces dispositions vont s'appliquer sur une matière d'œuvre idéale : le taureau andalou franc et brave.

Antonio Carnicero a été le premier peintre à vulgariser la corrida, et son témoignage sur l'époque qui a vu naître les trois fondateurs de l'actuelle corrida est particulièrement intéressant. Alors, on lâchait le taureau aux trousses de l'*alguazil* pour se réjouir de la panique de l'argousin dont les fonctions de police étaient impopulaires; on lâchait également couramment des chiens pour réduire les taureaux trop mauvais pour le combat, et nous savons que l'on toréait constamment de cape à une main. L'œuvre de Carnicero connut un grand succès, et l'Europe du temps eut par elle sa première information visuelle sur la corrida. Les douze gravures, rassemblées dans la «Collection des principales phases d'une course de taureaux» (1790), furent reprises ou copiées en France, d'abord en 1803, la même année à Venise, et dix ans plus tard en Angleterre. Elle influencera beaucoup Victor Adams, le premier illustrateur français de la corrida.

La prestigieuse plaza de la Maestranza de Séville (ci-contre), l'une des plus anciennes, s'édifie progressivement à partir de 1761, comme les cathédrales. A la fin du siècle, les loges et les balcons ne sont encore qu'ébauchés.

Trois hommes de leur siècle

Costillares et Romero sont toreros de la troisième génération, issus de familles de semi-professionnels d'abord employés et rétribués par les cavaliers des Maestranzas de Séville et de Ronda. Leurs oncles ou leurs pères sont sortis de ces académies de l'art équestre, taurin et militaire, pour se mettre à leur compte sans pour autant abandonner le gagne-pain hivernal de la dynastie : charpente pour les Romero à Ronda, triperie pour les Costillares à l'abattoir de Séville. Mais Joaquin Rodriguez, dit «Costillares», et Pedro Romero seront toreros à temps plein et d'audience vraiment nationale. Les premiers de leur souche et de l'histoire.

Pour ces deux créateurs, comme pour José Delgado, dit Pepe-Hillo qui, lui, n'a pas d'antécédents taurins notoires mais est fils de commerçants de l'abattoir sévillan, le métier de torero est avant tout un choix. Certes influencés par le milieu ambiant et la tradition familiale, ces hommes, ne l'oublions jamais, ont été toreros par vocation et non par nécessité. Ils sont les authentiques Figaro de ce XVIIIe siècle, au courage conquérant, et le spectacle qu'ils servent en est le produit parfait.

Ainsi le monde clos et brutal, sordide et picaresque de l'abattoir de Séville, immortalisé par Cervantes, va devenir l'université taurine par excellence, le creuset de formation pour plusieurs générations de toreros.

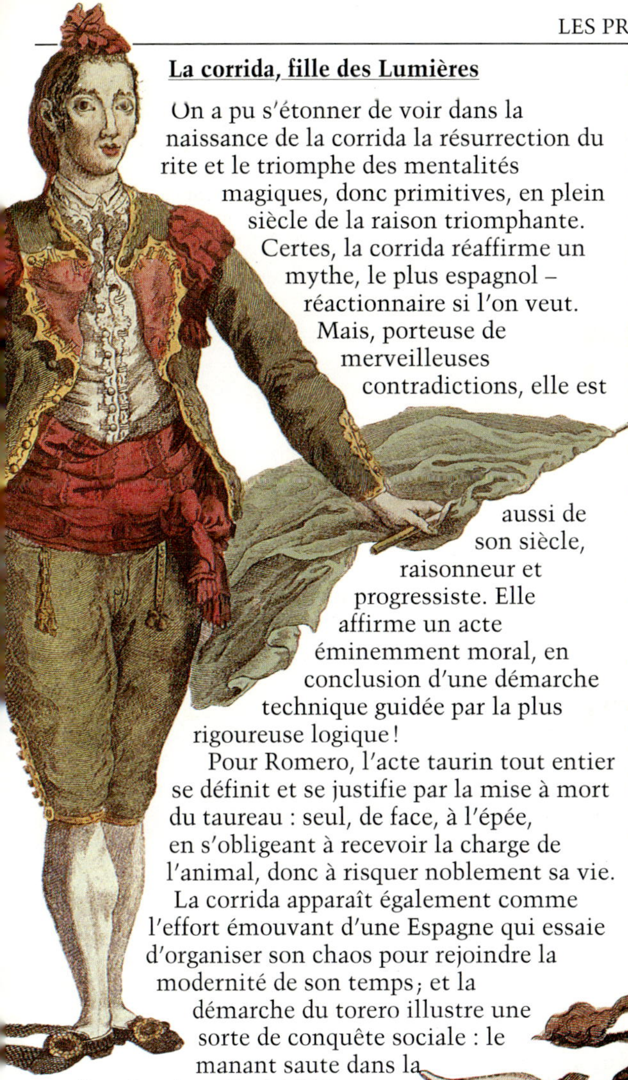

La corrida, fille des Lumières

On a pu s'étonner de voir dans la naissance de la corrida la résurrection du rite et le triomphe des mentalités magiques, donc primitives, en plein siècle de la raison triomphante. Certes, la corrida réaffirme un mythe, le plus espagnol – réactionnaire si l'on veut. Mais, porteuse de merveilleuses contradictions, elle est aussi de son siècle, raisonneur et progressiste. Elle affirme un acte éminemment moral, en conclusion d'une démarche technique guidée par la plus rigoureuse logique !

Pour Romero, l'acte taurin tout entier se définit et se justifie par la mise à mort du taureau : seul, de face, à l'épée, en s'obligeant à recevoir la charge de l'animal, donc à risquer noblement sa vie.

La corrida apparaît également comme l'effort émouvant d'une Espagne qui essaie d'organiser son chaos pour rejoindre la modernité de son temps; et la démarche du torero illustre une sorte de conquête sociale : le manant saute dans la lice des chevaliers pour y revendiquer les usages et les comportements, les vertus et les qualités traditionnellement attribuées à la noblesse de sang...

Costillares (ci-contre) est l'aîné des trois premiers grands professionnels de l'arène. On ignore l'année précise de sa naissance, comme celle de ses débuts. C'est que ce fils de l'abattoir de Séville porte les mêmes nom, prénom et surnom que son père, torero avant lui. Une confusion regrettable... De taille haute, le teint brun et le caractère vif, il partage difficilement le prééminence avec Pedro Romero. En 1775, à Madrid, c'est le conflit : le gouverneur de Castille doit tirer au sort le droit d'ancienneté revendiqué par les deux hommes. C'est Romero qui gagne. Néanmoins, Costillares est considéré comme le premier torero révolutionnaire, en raison de ses apports techniques. Après une période de gloire, de 1775 à 1790, il meurt dans l'oubli en janvier 1800, à Madrid.

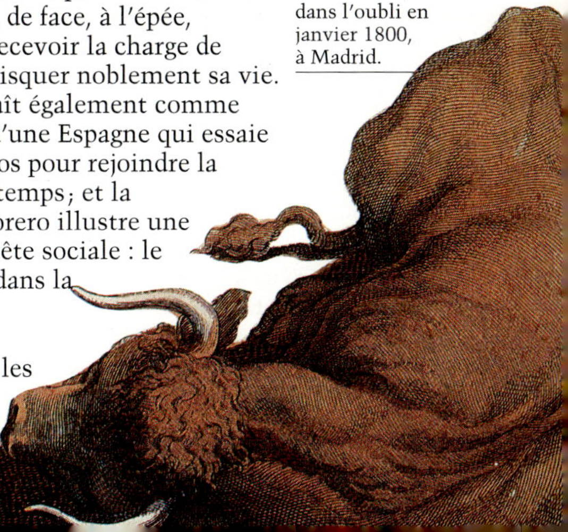

La première polémique taurine concerne l'estocade : estoquer *a volapié* (en haut) en s'élançant sur le taureau immobile, ou atteindre la charge *a recibir* (en bas).

Costillares : l'intelligence

Né juste avant 1750, Joaquin Rodriguez «Costillares» est le premier à avoir fait régner le pouvoir de l'intelligence dans une arène. Technicien réfléchi, il a perfectionné la passe appelée *véronique*, base du répertoire à la cape, et l'estocade dite *a volapié,* qui voit le torero s'élancer épée haute sur le taureau. Joaquin fut un homme impeccable, très conscient de la dignité nouvelle de son état : torero professionnel à pied. Il impose le respect aux messieurs de la royale Maestranza qui consentent enfin à distinguer son costume – c'était encore une livrée – de ce galon d'argent jusqu'alors réservé aux cavaliers.

Sévillan de naissance, donc théoriquement enjoué et léger, Costillares fut le rival de l'austère Romero, l'homme de la montagne de Ronda. Dépassé par la force et la jeunesse de ce dernier, il eut sur lui l'avantage reconnu par la postérité d'avoir ouvert une voie dans la recherche fondamentale. En effet, il eut l'intuition que la *muleta,* ce rectangle de serge rouge tendue sur un bâton, beaucoup plus qu'un simple instrument de défense à l'estocade, pouvait devenir le moyen d'une expression totale. Cette recherche tâtonnante des virtualités créatrices de la muleta, en épuisant les charges du taureau, l'a conduit à mettre au point le mécanisme du volapié sur un animal à l'arrêt.

Pedro Romero : la puissance

Ce type de mise à mort était une hérésie pour Pedro Romero, prototype du «matador de bronze» et fondateur de la conception *rondeña* de la tauromachie. Très jeune, il opte pour le sable des arènes plutôt que pour la sciure de l'atelier paternel. Comme pour Costillares, le métier de torero est bien une vocation.

C'est un athlète rude qui voit dans la stratégie taurine une finalité unique : l'arrogante «réception» du taureau lancé sur l'épée, l'estocade dite *a recibir*. Pour ce lutteur implacable, porté par l'orgueil sec que lui donne la certitude de sa souveraine capacité, l'unique objet de la tauromachie consiste à rester debout, ne jamais fuir, et «se sortir le taureau de devant» de la manière la plus simple et la plus gaillarde qui soit. Romero connaît pourtant le pouvoir technique de sa muleta, laquelle «jamais ne

Né en 1754, l'illustre Pedro Romero mourra dans son lit à quatre-vingt-cinq ans, admiré, respecté, mais presque dans la gêne. Professeur très éphémère à l'école taurine fondée en 1831 par Ferdinand VII, cet athlète naturel, hors du commun, retiré à quarante-cinq ans, tuera deux taureaux fort proprement à Madrid, par coquetterie, à soixante dix-sept ans ! Il porte ici le costume taurin d'origine qui n'est qu'une tenue de ville enrichie. La veste, ou justaucorps, est encore longue. Le torero rassemble ses longs cheveux dans un filet, comme les élégants et les grisettes de son temps.

s'éloigne des yeux du taureau qui parfois lui obéit comme cheval au frein» selon le témoignage admiratif de contemporains. Qu'importe ! L'étoffe n'est qu'accessoire pour cet homme d'épée. Romero fonde la tauromachie à projet unique, dépouillée de toute gratuité.

Aujourd'hui encore, quand un torero sacrifie toute concession, tout écart aux canons classiques, quand sa tauromachie se simplifie, s'épure et va à l'essentiel, on dit de lui qu'il est «rondeño».

Et Pedro Romero tiendra, comme preuve flagrante de sa supériorité absolue, l'exploit d'avoir tué plus de cinq mille taureaux sans subir la moindre blessure... Cet argument est aujourd'hui insoutenable car le courage d'un torero se mesure aussi au nombre et à la grandeur de ses blessures. De fait, la tauromachie de Romero était surtout défensive.

Pepe-Hillo : la folie

Tout le contraire pour Pepe-Hillo qui porta plus de vingt cicatrices terribles comme autant de distinctions. A la rigueur puissante de son rival Romero, à la sûreté technique de son concitoyen Costillares, Hillo oppose l'instinct fragile, la folie exubérante et martyrisée de son sévillanisme.

Né en 1754 dans une famille de commerçants à l'abattoir de Séville, Pepe-Hillo fut le premier torero de romance. Aux mœurs réglées de ses contemporains, il oppose l'outrance d'une splendide vie de patachon. Ni beau, ni joli garçon, le Hillo a le charme fou des êtres insaisissables. Il irradie une sensualité puissante et contagieuse, celle des rescapés souriants qui tutoient l'indicible et n'ont pas de temps à perdre. Erotisme et mort violente, le couple du vertige ! Et les femmes s'exaspèrent toujours de cette Dame Blanche, à qui José fait une cour

Comme Costillares, Pepe-Hillo redoute les taureaux de Castille et s'efforce de les éviter, à la différence de Romero, si sûr de lui, de sa force et de sa technique de défense. Mais la tauromachie de Hillo, plus risquée et plus fragile – sans doute plus évoluée –, s'adaptait mal aux vices de ce rude bétail du plateau. Il préférait les élevages andalous. Les craintes de Pepe-Hillo étaient fondées : le 11 mai 1801, il porte une demi-estocade à Barbudo, taureau castillan sournois et retranché près du toril. Barbudo le soulève par la cuisse, le jette au sol avec violence, le reprend et l'éventre. Hillo meurt sur place.

perpétuelle, jolie, légère, «canaille», pleine d'humour et de tendresse.

Titi sévillan fastueux, illettré mais instigateur du premier traité taurin publié en 1796, brillant, grand torero, Pepe-Hillo mène une vie douloureuse et triomphale couvert de femmes, de blessures et de bijoux. Il va inventer la conception formelle, dite sévillane, de la tauromachie : l'essentiel est moins dans le message que dans la manière ; l'ivresse, c'est la forme. La gratuité, c'est la réponse métaphysique la plus satisfaisante.

Quand Pepe-Hillo tombe à quarante-sept ans, usé, meurtri, après de longues promesses d'amour à la Dame toujours intacte, son grand destin est accompli. La corne tragique de Barbudo traverse, le 11 mai 1801, la première grande idole populaire. Pour toujours le peuple a trouvé son héros. Et la tauromachie classique des connaisseurs devra tenir compte désormais de sa contradiction : elle vient en effet d'engendrer cette race de fous sublimes, techniquement contestables, les mainteneurs du mythe païen, les barbares fragiles au cœur d'airain, les toreros d'instinct, de passion et d'arabesques… A l'aube du XIXe siècle, la corrida a enfin trouvé ses équilibres éternels. Chaque torero sera désormais un compromis entre la bravoure, la technique et le sens artistique.

La mort horrible de Pepe-Hillo provoque un profond désarroi. Le public, horrifié, abandonne l'arène. José Romero, le frère de Pedro, doit estoquer l'assassin devant des gradins désertés. Les courses cessent à Madrid pendant un mois.

A peine créée, la corrida traverse sa crise la plus grave. Jusqu'alors combattue par la seule autorité religieuse, ménagée par l'indifférence des premiers Bourbons, elle devient, à la fin du XVIIIe siècle, la cible des esprits éclairés. Après la disparition de ses trois grands héros populaires, elle décline, victime de ses nombreux excès. Personne n'attire plus les foules et l'Espagne s'effraie de sa passion.

CHAPITRE IV
PROFESSION TORERO

Les bourrasques de l'histoire vont secouer la corrida, qui aborde le XXe siècle par trois décennies de décadence. Les désordres, les fantaisies et les attractions diverses règnent alors en piste et sur les gradins.

Blessé par l'incompréhension des publics, l'altier Romero se retire à Ronda en 1799. Costillares, détruit par la maladie, n'est plus qu'une ruine et Pepe-Hillo est tué en 1801. La corrida perd alors de son audience populaire. Aussi, le ministre Campomanes, inspiré par Godoy, favori de la reine, n'a-t-il pas trop de mal à l'interdire en 1805. Il allègue que le spectacle heurte les sentiments d'humanité du peuple espagnol, qu'il décime le cheptel bovin et chevalin et porte préjudice à l'activité industrieuse du pays en multipliant les jours de fête et les motifs de dissipation.
C'est que le peuple rassemblé inquiète, depuis un certain 14 juillet français. La corrida est donc officiellement supprimée.

Quand elle reparaît en 1808, c'est sous l'égide de l'usurpateur, Joseph Bonaparte, dit «Pepe Botella» (Jojo la Chopine), qui pense plaire ainsi à ses nouveaux sujets. Dans une Espagne soulevée et traumatisée par sa guerre d'indépendance contre les Français, la corrida devient alors un fait de collaboration.

A l'image d'une société victime d'un «relâchement généralisé des mœurs», le spectacle connaîtra jusqu'en 1830 une période creuse, seulement relevée par deux toreros importants.

Candido et Guillén : les héritiers

Jeronimo José Candido, beau-frère de Romero et professionnel accompli, réussit la première synthèse de la rigueur

technique prônée par Ronda et de la fantaisie ornementale chère aux Sévillans. Il est le premier torero dit *largo,* c'est-à-dire complet de répertoire et large de registre, sachant tout faire sans préjugés de style et le faisant avec maîtrise face à tout type de taureau. Mais la sobriété de ce technicien confine à la sécheresse et sa personnalité sans relief ne lui permit pas la popularité de ses prédécesseurs.

Apparenté à la dynastie des Costillares, Curro Guillén, lui, est un grand torero, capable, rude et fier. Quand la tension monte dans une arène, son arrogante injonction «Fuera gente!» (Tous dehors!) est le prélude à une magistrale démonstration de compétence et d'amour-propre... hélas exaspéré à l'occasion : le 20 mai 1820 à Ronda, odieusement traité par un public chauvin, le Sévillan Guillén, poussé à bout, commet la fatale témérité de recevoir

Les débuts du XIXe siècle sont marqués par de grandes convulsions historiques et une nette décadence taurine. Même le picador perd de son auréole : ci-contre, il laisse soulever son cheval que s'efforce de protéger, par l'action dite du *quite*, le consciencieux mais terne Jeronimo José Candido. Fils d'un torero tué en 1771, Jeronimo commence par dilapider l'argent laissé par son père avant de lui succéder en piste et d'épouser une sœur des Romero. D'abord aidé par Pedro, Candido perd deux beaux-frères au combat, Gaspar et Antonio. L'époque est rude et Goya emporte dans son exil français des visions terribles de guerre et de tauromachie reproduites dans ses eaux-fortes. Candido ne laissera qu'une trace ténue dans l'histoire : celle d'avoir, le premier, effectué le tour de piste pour répondre aux ovations après l'estocade. Curro Guillén, au destin tragique, eut une autre dimension. Une chanson de l'époque en témoigne : «Qui a vu le señor Guillén estoquer des taureaux peut dire qu'en ce monde il a vu ce qui valait vraiment d'être vu!» Page de gauche, valet de torero, appelé aujourd'hui *mozo de espadas.*

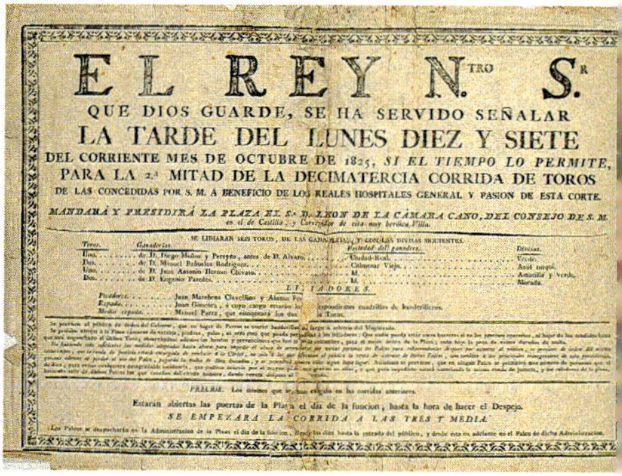

EL REY N.TRO S.R

QUE DIOS GUARDE, SE HA SERVIDO SEÑALAR

LA TARDE DEL LUNES DIEZ Y SIETE

DEL CORRIENTE MES DE OCTUBRE DE 1825, *SI EL TIEMPO LO PERMITE*,

PARA LA 2.ª MITAD DE LA DECIMATERCIA CORRIDA DE TOROS

DE LAS CONCEDIDAS POR S. M. A BENEFICIO DE LOS REALES HOSPITALES GENERAL Y PASION DE ESTA CORTE.

MANDARÁ Y PRESIDIRÁ LA PLAZA EL S.R D. LEON DE LA CÁMARA CANO, DEL CONSEJO DE S. M.

en el de Castilla, y Corregidor de esta muy heróica Villa.

ESTARÁN abiertas las puertas de la Plaza el dia de la funcion, hasta la hora de hacer el Despejo.

SE EMPEZARÁ LA CORRIDA A LAS TRES Y MEDIA.

La plus ancienne affiche taurine connue est datée de 1737 et annonce une course au profit des «pauvres malades». Au siècle suivant, la corrida s'organisera toujours au bénéfice de l'hôpital.

à l'épée un taureau douteux de Cabrera. Eventré, il meurt en quelques minutes, victime de son excès d'honneur.

Après ces deux respectables héritiers de Romero et Costillares, que de forbans, de voyous et d'aventuriers de tous poils !

Pan y toros !

Replacé sur le trône en 1814, Ferdinand VII «le Désiré» rétablit la corrida. Accessoirement, il restaure un conservatisme étroit qui divise la société en deux courants opposés tout au long du siècle : l'absolutisme contre le libéralisme. Mais qu'importe, l'Espagne, fidèle à ses passions, ne réclame que *Pan y toros !*, du pain et des taureaux.

Creuset et vitrine de ces temps difficiles, l'arène tombe dans le désordre et la corrida ne progresse pas. Une brute atrabilaire, «El Sombrerero», y occupe le devant de la scène. C'est un torero médiocre, qui n'excelle qu'à l'épée, et qui affiche en public un royalisme

Répudiée ou ignorée par les privilégiés, la corrida reste populaire. Saltimbanque fastueux, le torero est un bohème au destin précaire et fascinant. Ses cicatrices témoignent de son mépris, très espagnol, pour la mort et lui confèrent un halo de bravoure insurpassable. C'est aussi un homme public, de fêtes et d'orgies, dans les rues et les tavernes. Il y affiche un luxe vestimentaire tapageur. Il décevrait beaucoup s'il ne jetait pas son argent en aumônes ou en festins; et il est de bon ton qu'il perde des fortunes au jeu. A Séville, la présence de Juan Leon est indispensable dans les noces et les baptêmes. Ses filleuls et ses compères sont innombrables. Il ne supporte pas qu'en ville quelqu'un ait un plus beau cheval ou une maîtresse plus jolie que les siens car il se veut avant tout torero, c'est-à-dire «splendide en tout».

si obtus et si provocateur que Ferdinand VII lui-même le désavoue. El Sombrerero mourra ruiné à l'hôpital.

Son rival, Juan Leon, est un buveur bruyant, à l'insolence légendaire. Il entre à cheval partout, y cherche noise à tout le monde, et jette son argent dans des orgies monumentales. C'est un progressiste qui participe au soulèvement libéral de Riego.

Le petit peuple de Madrid s'effarouche et s'extasie des exploits des deux lurons, de leurs violences matamoresques. La plèbe les idolâtre, la pègre les adopte. Ils sont l'Espagne qui s'encanaille, prise de vertige, joyeuse, brave, et quelque peu désespérée.

Le torero devient un personnage représentatif de cette société en crise, à la fois admiré et méprisé, accepté et réprouvé pour son espagnolisme presque caricatural. Parfois, son outrance tourne au cauchemar.

En 1837, le torero Manuel Lucas Blanco est exécuté sur la place publique de Madrid pour le meurtre d'un milicien libéral, à la suite d'une querelle d'ivrognes. L'année suivante, Rafael Perez de Guzman, officier démissionnaire et torero de métier, trouve une fin digne au moins de sa haute naissance : fils légitime du comte de Villamanrique, il meurt à cheval, l'arme au poing, assassiné dans les environs de Tolède par des bandits de grand chemin.

Au XIXe siècle, le «repos du torero» est une véritable institution. Après le combat, les *cuadrillas* accueillent des dames, artistes ou cocottes, des *enpletistas*, des danseuses – parfois des femmes du monde. On danse, on boit, on chante toute la nuit car les lendemains sont remplis d'incertitudes.

Ces réjouissances ont souvent pour décor des tavernes, comme celles de Lilas Pastias, où se côtoient soldats, contre bandiers, toreros, brigands et noceurs de tous poils. Les toreros ont parfois des affinités particulières avec les bandits de grands chemins, les seuls qui les égalent en célébrité.

Carmen a existé !

Quand Guzman tombe, l'invraisemblable José Ulloa, dit «Tragabuches», d'une origine sociale diamétralement opposée à celle de l'officier, mais torero comme lui, est en pleine activité. Son histoire résume toute une époque. Gitan de Ronda et torero de grandes dispositions, Tragabuches tombe sous le sortilège pervers d'une danseuse de sa race, la Neña, aux charmes volcaniques. Cependant celle-ci

détourne son amant des combats de l'arène pour une activité plus lucrative : la contrebande...

Mais le destin veille : José est engagé pour toréer à Malaga. Il y envoie son équipage, qu'il rejoindra au dernier moment, seul, de nuit et à cheval, par la sierra. L'enjeu de l'imprudence est une nuit de plus dans les bras de la Neña. Il s'en arrache enfin, galope vers Malaga, mais est victime d'une mauvaise chute. Blessé, il revient à Ronda, et y surprend sa belle, déjà consolée par un freluquet du quartier. José, fou de jalousie, massacre l'amant et défenestre

Le siècle qui a vu naître la corrida actuelle a laissé son empreinte profonde dans les costumes, les usages et les mentalités. Cette société cloisonnée nous a légué quelque chose de sa superbe mobilité d'esprit : aujourd'hui encore, le torero garde une part de cette liberté de mœurs qui allait alors, sans complexes ni remords, jusqu'à l'extrême libertinage. Prosper Mérimée l'a bien senti. Sa Carmen immortelle n'est amoureuse que de l'amour, de la vie, ici d'un picador. Indépendante des hommes et de sa condition, elle travaille en usine, fume, boit, danse, se baigne nue, couche sans vice, dit la bonne aventure, fait de la contrebande, et se conduit en toute circonstance avec une loyauté virile impeccable. Elle pourrait très bien être un torero de grand courage... Elle sera cependant rattrapée par son tragique destin qu'elle accepte avec l'orgueil des être libres et braves.

l'infidèle. Avant de disparaître à tout jamais du monde, il arrange pieusement la toilette de la malheureuse, qui gît, morte, sur le pavé, puis galope vers le soleil levant. Il deviendra bandit de grand chemin, échappera à toutes les polices et mourra nul ne sait où, quand, ni comment...

Vingt ans plus tard, Mérimée écrit *Carmen*, dont la trame semble calquée sur cette authentique histoire de torero et qui connaîtra presque immédiatement un succès jamais démenti depuis lors. Pour autant, la corrida n'a accompli aucun progrès. Il est temps qu'elle retrouve ordre et tenue. Des hommes sérieux vont y travailler, des éleveurs tout à la fois romantiques et organisés. D'origine bourgeoise à l'ordinaire, rompus aux affaires, ils remplacent les propriétaires traditionnels et négligeants, l'aristocratie latifundiaire et les grands ordres religieux.

Avant le transport par rail, c'est-à-dire jusqu'au dernier tiers du XIXe siècle, les taureaux se déplacent lentement de leurs pâturages jusqu'au lieu du combat, encadrés de bœufs dressés, ou *cabestros*, au pelage en général plus clair, surveillés et guidés par des *vaqueros*, ou vachers spécialisés. Ces conditions de déplacement contribuèrent à la préservation des races locales de Castille, de Navarre et de Salamanque.

L'élevage enfin spécialisé

Pour le combat de l'arène, on s'est borné longtemps à prélever simplement les sujets les plus agressifs remarqués dans les troupeaux à demi-sauvages. D'abord pour se débarrasser des taureaux naturellement difficiles et dangereux, c'est-à-dire *braves*. Puis, la corrida devenant spectacle rentable, l'idée vint que ce caractère primitif considéré comme néfaste pouvait aussi devenir le plus rémunérateur. On se mit alors à le rechercher et à le développer par sélection. De producteur de viande, les éleveurs se firent *ganaderos de bravo,* éleveurs de bravoure.

C'est en Navarre que cette révolution s'est opérée à la fin du XVIIe siècle. Mais le taureau navarrais, léger, très vif et trop nerveux, parfait pour la tauromachie athlétique locale, s'adaptait mal aux nouvelles

Les progrès réalisés par les éleveurs andalous sur le brave et noble taureau du Sud imposent partout la sélection rationnelle du bétail de combat. L'animal est marqué jeune, sur la cuisse droite, au fer, le *hierro*, sorte de blason de son élevage. Porté sur le registre de l'élevage, le taureau reçoit alors un nom qu'il hérite généralement de sa mère et qui désigne sa lignée, ou *reata.* On attache la plus grande importance à la qualité des vaches.

exigences du spectacle. Costillares et Pepe-Hillo préférèrent le taureau andalou et le firent savoir.

Elevé sur de plus vastes étendues, approché par des vachers à cheval, donc moins familier de la présence humaine, le lourd et beau taureau du Sud se révéla plus simple au combat, plus franc d'attaque, plus noble en un mot. Sa supériorité est la raison majeure du déclin et de l'effacement de la corrida navarraise.

Deux éleveurs de la fin du XVIIIe siècle tirèrent parti de l'élevage rationnel du taureau andalou : le comte de Vistahermosa et José Vasquez, élevé bientôt au marquisat de Guadalupe. L'un et l'autre, originaires d'Utrera et agronomes distingués, fondent les principes toujours en vigueur de l'élevage spécialisé pour le combat : mise à l'écart du bétail brave et contrôle rigoureux de la reproduction. Les étalons et les vaches de «ventre» sont alors soigneusement sélectionnés par l'épreuve dite de la *tienta* ou l'essai de la bravoure. L'effectif complet d'une *ganaderia*, en moyenne cinq à six cents têtes, est désormais marqué au fer et enregistré sur des livres généalogiques. Chaque lignée ou *reata* (famille de vaches) est suivie, et les résultats au combat sont scrupuleusement

Le transport des taureaux par le rail développe la concurrence entre les éleveurs et facilite la diffusion dans toutes les régions d'élevage du taureau andalou, manifestement supérieur et de plus en plus demandé par les toreros, étant nécessaire au spectacle. Aujourd'hui, le taureau originaire du Sud, plus particulièrement celui de la célèbre souche fondée au XVIIIe siècle par le comte de Vistahermosa, domine dans toute l'Espagne. La plupart des races locales ont disparu, remplacées par l'Andalou pur, ou ont été éliminées par croisements répétés avec le Vistahermosa.

consignés par le *mayoral,* le bouvier-chef. Celui-ci deviendra le *conocedor,* le précieux conseiller technique de l'élevage qui dépose son fer, sa marque, et exhibe avec orgueil les couleurs de sa «devise» sur le garrot des toros bravos.

L'amélioration de la race brave, désormais différenciée, passe également par l'élimination impitoyable des animaux médiocres. Mais, alors que Vasquez croit d'abord au métissage cher à Buffon, Vistahermosa est un fervent défenseur de la consanguinité ! Cette lucidité vaudra peut-être

à la souche Vistahermosa de s'imposer par une tenue plus ferme au combat et de devenir la race du taureau brave par excellence. Aujourd'hui, quatre-vingt-dix pour cent des élevages sont d'origine Vistahermosa.

L'effort de ces deux éleveurs va permettre le progrès de la corrida, régénérée enfin par le grand Francisco Montes, dit «Paquiro».

Appartenant aux races andalouses les plus anciennes, ces fers ont aujourd'hui disparu. Le plus célèbre est celui de Vistahermosa. Quelques rares élevages conservent aujourd'hui, sans convaincre, la pure origine Vazquez que posséda à la fin du siècle dernier le duc de Veragua, descendant de Christophe Colomb. Les Cabrera se prolongent dans les fameux taureaux de Miura actuels. La marque du poulain rappelle qu'au XVIIe siècle, les chartreux de Jérez, spécialistes du cheval andalou élevaient aussi des taureaux. Freire n'est qu'une branche de Vistahermosa.

L'empereur des toreros

De 1832 à 1846, Francisco Montes «Paquiro» fait entrer la corrida dans son siècle. Le XIXe, c'est Montes ! Fils de petits bourgeois ruinés, éduqué et policé, instruit, il a le génie simple des créateurs, celui d'abord de tout assimiler et de tout comprendre. Avant tout, Montes veut faire de la corrida un spectacle au déroulement

Avec Francisco Montes, le costume et la silhouette du torero trouvent leur forme actuelle. Raccourcie, la veste du temps de Goya est devenue la *chaquetilla*, le boléro aux épaulettes renforcées et enrichies. Les cheveux sont courts et un postiche, la *moña*, remplace le filet. Cette moña se fixe à la *coleta*, mèche de cheveux qu'elle dissimule et qui devient, jusqu'à Belmonte, le signe distinctif du torero dans la rue. Montes adopte définitivement la toque appelée *montera* dont on ignore l'origine.

immuable, prévisible, destiné à un public intelligent et averti. Pour cela, il impose une distribution rigoureuse des rôles. Avec lui, le matador devient le chef incontesté d'une équipe dévouée à sa cause. La *cuadrilla* comprend désormais deux picadors, naguère indépendants et désormais sulbalternes, et trois banderilleros ou peones.

Le choix définitif de l'habit de scène, le *traje de luces,* c'est aussi Montes. Issu du XVIIIe siècle, le costume de lumières est fixé par lui et ne changera plus pour l'essentiel. Montes confirme encore l'organisation du combat en trois tercios : piques, banderilles et mise à mort. Désormais ce scénario n'évoluera plus guère.

❝Les *chulos* (ou banderilleros) sont des jeunes gens bien découplés, minces et sveltes au contraire des picadors [...] de haute taille et de formes athlétiques : les uns ont besoin de force, les autres d'agilité.❞

Théophile Gautier, *Voyage en Espagne*

La passe dite véronique, aussi ancienne que la corrida, est la base du répertoire à la cape. Elle tire son nom du geste de sainte Véronique tendant son linge au Christ. Jambe en retrait et position de trois quarts, le torero provoque la charge d'une manière qui surprend par sa modernité. Le *frente por detrás* que l'on confond à tort avec l'actuelle *gaonera*, a complètement disparu.

Metteur en scène incomparable, Montes est encore un acteur génial. En théorie comme en pratique, il est un maître exceptionnel. Athlète félin aux vertus morales solides, technicien et tacticien hors pair, il est surnommé le «Napoléon des toreros». Mais son plus grand mérite est d'avoir franchi une barrière psychologique : mettant à profit la qualité croissante du bétail, Montes se place délibérément sur l'axe de la charge de l'animal, entre les cornes en quelque sorte. Avec sa cape ou sa muleta, il fait dévier l'attaque et oblige le taureau à le contourner. En cela, il établit les bases de la tauromachie classique, fondée sur le courage, donc la morale, mais guidée par la technique et le métier. Elle rejoint enfin les idées-forces de son siècle, celui de la raison triomphante. Par ailleurs, Montes est l'auteur d'une *Tauromachie complète,* ouvrage technique publié en 1836.

En 1843, Théophile Gautier voit Montes toréer à Malaga. Il en fait mention dans son *Voyage en Espagne*, jugeant le torero remarquable «par la précision, la sûreté et l'aisance de ses coups; avec lui toute idée de danger s'évanouit; il a tant de sang froid, il est si maître de lui-même, il paraît si certain de sa réussite, que le combat ne semble plus qu'un jeu : peut-être même l'émotion y perd-elle.» Gautier a tout compris... On a cru longtemps que cette tauromachie serait éternelle, jusqu'à Belmonte.

La passe de muleta appelée naturelle (ci-dessous), consiste à se présenter devant un taureau pour l'estoquer le plus rapidement possible, comme c'était l'usage aux débuts de la corrida. Un torero droitier place instinctivement l'épée dans sa meilleure main et tient donc la muleta de l'autre, la gauche, pour faire passer le taureau et éviter sa corne au moment de porter l'estocade. La naturelle, exécutée loyalement, reste encore la plus belle des passes et la plus méritoire.

1888

En 1851, l'empereur Montes disparaît à l'âge de quarante-six ans, usé par le combat et miné par l'alcool dans lequel il cherche l'oubli à ses déboires conjugaux. L'Espagne prend le deuil. Après lui, la corrida, policée, réglée, toujours violente, cruelle même, mais débarrassée de ses outrances, devient le spectacle espagnol par excellence. Elle est la «fiesta nacional» d'un peuple naturellement porté vers la démonstration éclatante de sentiments collectifs.

CHAPITRE V
LA FIESTA NACIONAL

Sourd et muet de naissance, Daniel Perea (1834-1909) fut le grand illustrateur de la corrida dans la revue *La Lidia*, créée en 1882. Ses compositions lithographiques, à la fois naïves, surannées et allégoriques, ont marqué l'époque romantique de la fiesta.

A la fin du XIXe siècle, sur toute la géographie espagnole, les paysages urbains s'enrichissent de cette protubérance ronde, ouverte comme un œil tragique sur l'infini : la plaza de toros. On en construit dans toutes les localités de quelque importance. Auparavant, à une dizaine d'exceptions près, le spectacle se déroulait sur la place publique aménagée pour la circonstance, la plaza mayor, de forme carrée ou rectangulaire. L'arène spécifique qui se généralise dans la seconde moitié du siècle est fonctionnelle : elle adopte la piste ronde, ou *ruedo*, pour que le taureau ne puisse pas prendre appui ou refuge dans les angles. Une ferveur populaire intense entoure la fête du courage. Partout les gosses jouent au taureau dans la rue. Leurs pères, dans les bars et les cafés, ne parlent que des exploits de Cúchares, du Tato, de Lagartijo ou de Frascuelo. Et la corrida va s'exporter avec l'aisance que donnent désormais aux voyages le train et le steamer.

En 1874, Madrid remplace sa première arène, celle de la porte d'Alcala (1754), par la plaza de la route d'Aragon (ci-dessus), qui deviendra la légendaire Vieja Plaza, détruite en 1934. Tous les gamins d'Espagne rêvent alors de Lagartijo ou de Frascuelo.

La corrida sort des frontières espagnoles

En France, son apparition coïncide à un an près avec l'arrivée du rail à Bayonne. Le 21 août 1853, suscitant une grande curiosité, le «Maestro» Cúchares inaugure l'histoire de la corrida au nord des Pyrénées. S'ouvre alors un demi-siècle de polémiques, d'interdictions, de campagnes d'opinion pro ou anti-corrida. Au premier rang des abolitionnistes, les sociétés de protection animalières s'appuyent sur la providentielle loi de 1850-1851, dite loi Grammont,

COURSES DE TAUREAUX

EXPLIQUÉES,

MANUEL TAUROMACHIQUE

A L'USAGE DES AMATEURS DE COURSES,

interdisant les mauvais traitements sur les animaux domestiques.

Les promoteurs de la corrida, quant à eux, commettent la maladresse de l'organiser dans des lieux aussi insolites que Le Havre, Milan, Bruxelles ou Paris. De 1889 à 1892, une demi-douzaine d'arènes vont ainsi être édifiées dans la capitale à l'occasion et à la suite de l'Exposition universelle. Joseph Oller, fondateur du Moulin-Rouge et de l'Olympia, construit au bois de Boulogne ce qui est en son temps la plus vaste arène du monde : un édifice de

Le premier ouvrage taurin écrit en français paraît en 1854, à Bayonne, sous la signature d'Oduaga Zolarde. En 1860, un taureau de Gala Ortiz entre dans un caisson, ou *cajon*, et prend pour la première fois le train Madrid-Barcelone, sans dommage.

vingt-deux mille places. L'inauguration, qui se déroule le 10 août 1889 avec cent vingt musiciens, est un spectacle prodigieux !

A Paris, rue Pergolèse, Currito inaugure la corrida, mais sans mise à mort.

Mais la corrida ne pouvait s'implanter, on le vérifia vite, que là où l'attendait une authentique tradition taurine : dans le Midi de cette France où s'est maintenue, depuis des siècles, une invincible culture du taureau. Deux formes locales du spectacle avaient surgi spontanément au début du XIXe siècle : la course landaise et la course dite libre, ou camarguaise. Elles sont les références culturelles qui ouvrent aux peuples du Midi la compréhension naturelle de la tauromachie espagnole.

Sans terreau favorable, la corrida disparaît partout ailleurs en France et en Europe. Il n'en est pas de même dans l'Amérique de langue et de culture hispaniques, où le steamer transporte la corrida qui fusionne avec des formes de tauromachie locales très anciennes, importées par les conquistadores, au XVIe siècle, dans les futurs Etats du Pérou, de Colombie, d'Equateur, du Vénézuela et du Mexique. Seule l'Argentine, trop cosmopolite, et le lointain Chili resteront insensibles à ce

regain d'intérêt pour la fête taurine.

Le grand combat

Le concitoyen et digne héritier de Montes, José Redondo, dit «Chiclanero», lui survit deux ans et meurt en 1853 de tuberculose à l'âge de trente-cinq ans. Mais quel grand torero ce fut! Complet, efficace et par-dessus tout, sincère! Chiclanero fonde la lignée des grands tueurs classiques, des braves que l'on attend à la *hora de verdad* (l'heure de vérité), et qui s'élancent, posément, dans un silence respectueux, l'étoffe à gauche, l'épée haute à droite, et le cœur au milieu, pour tuer ou être tués.

A cette époque, la corrida est avant tout un grand combat.

Au début de la corrida en France, l'idée vint d'un spectacle mixte, mêlant à la tauromachie espagnole les formes locales des courses landaise ou camarguaise. D'un coût inférieur au spectacle espagnol, les «hispano-landaises» et les «hispano-camarguaises» connurent une certaine vogue jusqu'en 1900. Elle permirent aux deux premiers matadors français d'y faire leurs classes : le Landais Félix Robert et le Provencal Pierre Pouly. Les Péruviens, pour leur part, ont imaginé de toréer à cheval et à la cape (ci-dessous), manœuvre originale revendiquée au titre de *suerte nacional*.

Les éleveurs selectionnant des fauves de taille et de férocité croissantes, la corrida commence toujours par un affrontement brutal. Au premier tiers, considéré comme capital, deux picadors, montés sur des chevaux non protégés, attendent en piste l'irruption du taureau en pleine force : le fauve est alors estimé pour sa bravoure et sa force, mesurées au nombre de charges qu'il donne aux chevaux et de piques qu'il reçoit. Certains picadors, tels Sevilla, Calderón, Badila ou Agujetas, sont célèbres pour leur talent de cavalier et la force de leurs bras.

Si le taureau est brave, impétueux et puissant, les chevaux sont soulevés, éventrés et tombent avec fracas. Les toreros se précipitent alors pour éloigner le fauve, pour faire le *quite*, et porter secours aux cavaliers démontés. Parfois, plusieurs dizaines de piques distinguent l'animal supérieur, dit *toro de bandera*, qui honore son éleveur.

Après la pose des banderilles, le travail ou *faena* de muleta, souvent mobile et défensif, se réduit à quelques passes. La prétention à l'esthétique, parfois

Dans la seconde moitié du XIXe siècle, le taureau parvient au maximum de sa puissance et de sa férocité. Il n'est pas rare qu'une corrida laisse une vingtaine de rosses pour l'équarrisseur. Terrible pour les montures, l'époque est aussi très rude pour les picadors. Souvent blessés, côtes et membres brisés, roués de coups, ils sont victimes de commotions très graves survenant lors des chutes. Certains meurent fous des chocs reçus contre les barrières.

présente avec la cape, s'efface ici derrière la nécessité technique de maîtriser un animal souvent retranché, alourdi et dangereux. Le torero se borne généralement à le mettre en place pour l'estocade, second moment de haute importance dans la course.

Francisco Arjona, dit Cúchares, sait tuer comme *Dios manda*, selon la loi de Dieu, mais il n'aime pas prendre de risque excessif. Sa tauromachie offre une palette étincelante de passes et de bravades, de fantaisies ornementales et de tours de force exécutés avec une telle aisance et une si confondante habileté qu'on désignera bientôt le métier de torero comme l'art de Cúchares.

Un demi-siècle après Pepe-Hillo, Cúchares incarne cette conception allègre, enluminée, un peu superficielle de la tauromachie, l'école dite sévillane. Celle-ci suscite parfois la réserve des puristes, très rigoureux à cette époque de grand combat, mais elle ouvre aussi à la tauromachie des voies nouvelles.

Enfin l'élégance...

Après Cúchares et Chiclanero, la corrida laisse entrer dans sa rudesse un air

Cayetano Sanz (à gauche) est le premier virtuose de la véronique. Il est, en outre, un caballero accompli. Admiré autant que contesté pour son extrême habileté, Cúchares (ci-dessous) doit être reconnu comme un novateur : il s'affranchit de la règle qui impose l'usage exclusif de la main gauche à la muleta. Cuchares torée de la droite, multiplie les passes, et fait un grand pas vers la corrida moderne.

nouveau et des manières plus fines. Dans l'Espagne de la seconde moitié du XIXe siècle, les mœurs s'adoucissent, la curiosité s'accroît pour les lettres et les arts ainsi que le goût pour des divertissements, plus variés et de qualité. Le flamenco s'enrichit et connaît son premier âge d'or. La *zarzuela*, l'opérette typique, fait fureur, ce qui n'empêche pas Sarah Bernhardt de triompher dans *La Dame aux camélias*.

La révolution de 1868 a éveillé le désir de la démocratie. Le pays se modernise et s'industrialise autour de Bilbao et de Barcelone. Un prolétariat apparaît, vite contestataire, ainsi qu'une bourgeoisie urbaine plus étoffée qui constitue le support essentiel d'une nouvelle frénésie publique : l'*afición a los toros*, partagée par des tauromaches de plus en plus nombreux, avertis et exigeants.

Parallèlement, la tauromachie évolue. Vers 1860, le Madrilène Cayetano Sanz, torero de prestance seigneuriale quoique médiocre à l'épée, fait entrer le mot «élégance» dans le vocabulaire usuel de la corrida. Les chroniqueurs célèbrent sa distinction racée. Sanz et son contemporain «El Salamanquino»,

Après Victor Hugo, Prosper Mérimée et Théophile Gautier ont mis l'Espagne à la mode. Avec le rail, le voyage *tras los montes* devient obligatoire pour les amateurs de dépaysement à portée de Paris ou de Londres. L'Espagne est le pays par excellence de la différence, et qu'est-il de plus singulier que son spectacle national ?

Blesssure grave reçue dans l'arène, la *cornada*, le coup de corne, est une perforation des tissus et des vaisseaux sanguins, compliquée souvent de leur écrasement, de leur arrachement. Les cures sont longues et douloureuses et, sur les lits de souffrance, les toreros «se font et se défont» car le courage «s'en va parfois avec le premier sang...»

fils d'un officier supérieur, estompent l'image du truand en habit de lumière dans laquelle se complaisaient leurs pairs du début du siècle.

La rudesse héroïque

Cependant, le courage reste encore vertu cardinale. En 1857, au Puerto de Santa Maria, le taureau Barrabas blesse Desperdicios, un aventurier légendaire et un torero de fer. Le coup de corne en plein visage fait sauter l'œil droit. Desperdicios arrache le globe qui pend sur sa joue, demande un mouchoir et marche calmement vers l'infirmerie. Cinquante-trois jours plus tard, borgne, il reprend le combat.

Le maladroit Pepete est, quant à lui, une chair à taureau. Il le sait, n'en a cure et se fait tuer, le 20 avril 1862, par Jocinero, le premier taureau assassin originaire de Miura. Pepete reste le prototype de ces toreros dépourvus de qualité notable, hormis la bravoure, et qui parviennent par leur témérité à bâtir une carrière souvent courte et douloureuse. A l'opposé, Gordito se retire vers 1880, sans la moindre blessure et après plus de vingt ans de carrière au sommet. Virtuose des banderilles, il passe pour avoir inventé la pose dite au *quiebro* (à l'écart), pratique en fait empruntée aux écarteurs landais. Gordito, par son astuce et ses recours, escamote la sensation du danger.

Son rival, «El Tato», donne l'impression d'une insécurité permanente. Grand spécialiste de l'estocade à volapié, il met à son exécution émouvante plus de ferveur que d'habileté dans sa main gauche, celle qui tient la muleta et détourne le coup de corne. Une méchante blessure, le 7 juin 1869, se complique de gangrène. Il faut amputer haut. El Tato refuse avec dédain le chloroforme, demande un cigare et prie le docteur de trancher. Ainsi sont ces hommes, idoles d'un peuple qui vibre à leur bravoure et à leur l'élégance.

Athlète exceptionnel, Julian Casas, El Salamanquino (ci-dessus à gauche) franchit la barrière sans y poser la main. Adepte de la gymnastique, Antonio Carmone, dit «Gordito», (à droite) cultive également les qualités physiques. C'est que la blessure, fatalité professionnelle souvent incontournable, fait avorter de nombreuses carrières en ces temps de moyens thérapeutiques sommaires.

Romantisme et réalisme français

Grand voyageur, le peintre et graveur français Pharamond Blanchard (1805-1873) parcourt l'Espagne en compagnie d'Alexandre Dumas et de Théophile Gautier, de 1835 à 1850. Il montre ici un vieil usage taurin, qui remonte au Colisée romain et qui atteste l'origine cynégétique de la corrida : le lâcher de chiens pour immobiliser le taureau. D'abord courante et très prisée, cette phase de la course devint trop meurtrière à mesure que s'accrut, vers le milieu du XIXe siècle, le degré de bravoure de l'animal. En 1849, le taureau Brocho, d'Aleas, tua trois chiens, en mit quatre hors de combat, et en blessa douze qu'il tint en respect. On gracia le cornu, mais, dorénavant, on ne lâcha plus les dogues que sur les taureaux trop peureux et impropres à la confrontation avec les toreros. La coutume, enfin, disparut complètement vers 1860. Les capes multicolores, le beau désordre du *callejon*, et la perspective encore ouverte sur la cathédrale et le minaret de la Giralda (pages suivantes) témoignent du passage de Blanchard à Séville au temps de Cúchares.

Lagartijo et Frascuelo, le premier âge d'or

De 1865 à 1890, la tauromachie va connaître un bonheur total ! Deux toreros exceptionnels vont se partager la ferveur d'un peuple comblé par un quart de siècle de romance taurine. Pour des milliers de boutiquiers et de commis aux écritures, l'épopée devient réalité quotidienne. Elle s'incarne dans Lagartijo et Frascuelo, deux toreros de légende.

Né en 1841 dans le quartier de l'abattoir à Cordoue, Rafael Molina commence sa carrière dans une cuadrilla d'enfants-toreros, où sa maigreur brune et sa vivacité pour échapper aux cornes lui donnent son immortel surnom de«Lagartijo», le petit lézard. Il apprend son métier en qualité de subalterne, sous les ordres du maître Gordito qui lui confère l'*alternative*, soit le grade de *matador de toros* en 1885.

Pendant dix ans et selon son propre aveu, il passe autant de temps en l'air que sur le sable. Puis viennent dix saisons d'épanouissement. Lagartijo devient le premier calife de Cordoue. Il est doté de cette grâce virile propre à certains Andalous : une cambrure svelte et sans affectation, une magie de gestes sûrs et désinvoltes, une distinction naturelle.

Pourtant, les taureaux de l'époque sont redoutables, parfois terribles, tels ce Cucharero, un monstre qui le met en déroute et dont la seule tête naturalisée pèse

Plus fin et plus instinctif que son rival Frascuelo, Lagartijo (à gauche) affronte comme lui les rudes taureaux de l'époque. Ceux qu'élève le duc de Veragua sont célèbres pour leur prestance magnifique, la variété de leur pelage et la puissance dévastatrice de leurs assauts sur les picadors... Lagartijo pourtant les fait passer près et droit, avec douceur et naturel. Sa *larga cordobesa* est déjà une passe magique, «longue comme une promesse». Frascuelo (page de droite) est un samouraï athlétique et solennel, sans grâce, mais porté par un sens de l'honneur exceptionnel.

L'affiche-reine du premier âge d'or de la corrida : dans sa Cordoue qui l'idolâtre, Molina reçoit Frascuelo, dans un *mano a mano* très courant à l'époque. La race des taureaux de Saltillo et de Lafitte se perpétue aujourd'hui chez Victorino Martin et Pablo Romero.

cent cinq kilos. Cependant Lagartijo tue près de cinq mille fauves au cours de mille six cent cinquante combats. Un jour de triomphe à Madrid, un spectateur pleurant d'émotion lui lance sa montre en or dans un mouchoir... son grand rival Frascuelo !

Si Lagartijo incarne l'élégance, Salvador Sanchez «Frascuelo», lui, représente le courage à l'état pur. Ce Madrilène né à Grenade commence par travailler dans une papeterie avant de se lancer seul dans le dangereux monde des courses de villages, les *capeas* de Castille. Pour parfaire cet apprentissage difficile, sur le tas, il n'hésite pas à s'engager dans une troupe de toreros-bouffes où il tient le rôle du sultan dans une farce taurine intitulée *Les Eunuques et l'Odalisque*. En désespoir de cause, Frascuelo se jette en piste comme *espontaneo* et finit par intégrer la cuadrilla

Guerrita déjà retiré, torée avec aisance une vache d'âge et de cornes respectables lors d'une *tienta*.

de Cayetano Sanz, qui lui cède quelques taureaux pour l'estocade. Très vite, il se distingue et complète une formation encore insuffisante. Sa spécialité, c'est l'estocade, où sa bravoure fait merveille. Traversé plus de vingt fois par la corne, il revient au combat avec un courage décuplé. Le public trouve en lui le compétiteur idéal de l'artiste Lagartijo.

Cette émulation fraternelle mais impitoyable constitue le premier âge d'or taurin. Avec Lagartijo et Frascuelo, avec la grâce et le courage, l'arène se couvre, durant un quart de siècle, d'œillets et de jasmins.

Luis Mazzantini y Eguia, ténor insuffisant, fut un torero important avant de devenir gouverneur civil à Guadalajara.

Guerrita, le monarque solitaire

Autre Cordouan, né lui aussi dans le quartier de l'abattoir, Rafael Guerra, dit «Guerrita», domine seul les trois derniers lustres du siècle. Sans élégance naturelle, il détient cependant le pouvoir particulier de dominer les taureaux : avec lui, l'échec est impossible car il sait tout faire à la perfection.

C'est un monarque dans et hors l'arène. Homme rude, aux mœurs austères et à l'orgueil cassant, il gère sa carrière avec le cynisme brutal des grands capitaines d'industrie. En effet, la mentalité du siècle du fer et du charbon pénètre le monde taurin et y fait reculer le romantisme. C'est une nouveauté : Guerrita négocie âprement ses contrats, choisit ses toros dans les élevages faciles et soumet sa cuadrilla à une discipline féroce. Les picadors, en particulier, doivent renoncer à toute fierté professionnelle. Guerrita leur impose parfois de laisser enlever et crever leur monture sous eux pour fatiguer davantage un taureau difficile. Cette arrogance, ajoutée à l'irritante sensation d'invincibilité que donne ce grand professionnel, va faire de Guerrita le premier grand torero impopulaire. Aigri, il se retire à trente-sept ans.

Sous son règne, deux braves partagent un destin malheureux : l'héroïque Espartero, tué par le taureau Perdigon, de Miura, en 1894 à Madrid, et Reverte dont la carrière s'achève en septembre 1899, à Bayonne, à la suite d'une très grave blessure. Seul Mazzantini ose tenir tête à Guerrita. Il obtient du Cordouan le tirage au sort des taureaux. Jusqu'à Guerrita, le privilège de la première épée, du matador le plus ancien, était de se réserver d'autorité les taureaux qui lui plaisaient. Mazzantini va imposer le *sorteo*, l'égalité face au destin.

Le personnage est d'envergure. Torero médiocre mais tueur magistral, à la fois hiératique et précis, Mazzantini est homme du monde dans la vie courante et seigneur dans l'arène. Premier gentleman-torero, cet Italo-

Basque stupéfie et honore le milieu taurin qui le distingue par le «Don Luis» hispanique, marque du respect affectueux. Portant beau, cultivé, raffiné, il plonge dans l'admiration sa cuadrilla en fréquentant avec une égale assiduité l'arène et l'opéra, et en pratiquant plusieurs langues avec autant de d'aisance qu'il manie l'épée de matador.

L'origine des arènes de Dax remonte à 1913. Agrandies en 1922, elles ont conservé un cachet et un charme distincts.

Les intellectuels de la «Génération 98»

La fin du XIXe siècle est marquée notamment par l'indépendance de Cuba, la belle créole. Avec elle, l'Espagne perd son ultime possession coloniale. Cependant ce malheur, qui coïncide avec un grand triomphe de Guerrita, passe presque inaperçu. Cette légèreté fait scandale et la fête des taureaux devient la cible de toute une génération d'intellectuels qui y voient le signe infaillible de la décadence du pays. C'est la «Génération 98». Groupés autour de Pio Baroja, Azorin et Antonio Machado, ils dénoncent la

En 1907, *Le Petit Parisien* mêle allégrement les genres taurins et les coiffures locales.

A Bayonne, les arènes de Lachepaillet sont construites en 1893 dans le style néo-mauresque qui prédomine des deux côtés des Pyrénées. Depuis un siècle, l'arène a vu défiler tous les grands noms de la tauromachie, excepté celui de Manolete qui ne s'est rendu en France qu'en Arles, à ses débuts. Proche de la frontière, Bayonne a été la ville des premiers grands événements taurins français : la première mention d'une coutume taurine dans l'histoire de France appartient à Bayonne, en 1289; la première corrida à pied à la navarraise également, en 1701; comme la première course des temps modernes, en 1853.

cruauté de cet «opium du peuple», de ce spectacle rétrograde et déshonorant aux yeux des nations civilisées, qui détourne l'Espagne des réalités de son temps et retarde sa marche vers le progrès et la modernité.

Chez les conservateurs, la corrida n'est guère mieux considérée. En 1903, leur leader, le premier ministre Antonio Maura, fait passer un train de réformes sociales qui imposent un repos dominical absolu, y compris pour la corrida! Eugenio Noël, redoutable polémiste, qui exècre au même titre la «taverne, le flamenco et les taureaux», se félicite bruyamment de cette interdiction. Elle ne durera qu'un an...

La France taurine se soulève

En France, l'incompréhension des pouvoirs publics, aggravée du jacobinisme étroit des gouvernants de la IIIe République, conduit la corrida à une crise majeure. Dès 1881, une lettre aux préfets du Midi rappelle l'interdiction des courses avec mise à mort. On imagine alors des spectacles mixtes qui mêlent à la corrida les deux formes locales de la tauromachie. C'est l'époque des courses hispano-landaises ou hispano-provençales, genre bâtard qui n'intéressera bientôt plus personne.

En 1881, Dax tente le coup de force et organise, à l'occasion de la visite du président Sadi Carnot, une corrida avec mise à mort de deux taureaux par Valentin Martin, estimable second plan espagnol. Le président passe outre. Commence alors un jeu absurde de cache-cache entre les municipalités du Midi et le pouvoir parisien. Celui-ci ferme les yeux quelque temps et laisse inaugurer l'arène de Bayonne par une corrida intégrale de six taureaux. L'orage semble passé...

Au printemps 1895, une excentricité de Lebaudy, le roi du sucre – qui lave ses voitures au champagne –, met le feu aux poudres. Le nabab organise une corrida privée dans sa propriété de Maisons-Laffitte. La SPA réagit violemment. Le ministre Dupuy fait expulser les toreros espagnols et leur interdit l'accès au territoire français. En septembre, le pouvoir exécutif renvoie dans son pays Mazzantini au matin d'une course à Bayonne. C'est l'émeute ! La rue se soulève et la ville est secouée par trois jours de violentes manifestations. Le maire et le Conseil municipal démissionnent séance tenante, comme leurs homologues dacquois. Ils seront tous réélus triomphalement ! L'hiver venu, une campagne de mobilisation sans précédent rassemble l'*afición* de France pour la défense de la tauromachie et des libertés méridionales. Le soutien populaire est massif et le Midi obtiendra gain de cause.

A l'affût du fait divers sensationnel, *Le Petit Journal* fait son profit d'une escapade de taureau survenue lors de l'opération toujours délicate du débarquement dans les dépendances d'une arène.

Dès 1896, Paris ferme les yeux et la corrida continue, comme en Espagne où elle reprend ses droits au grand déplaisir des élites hostiles à la tauromachie.

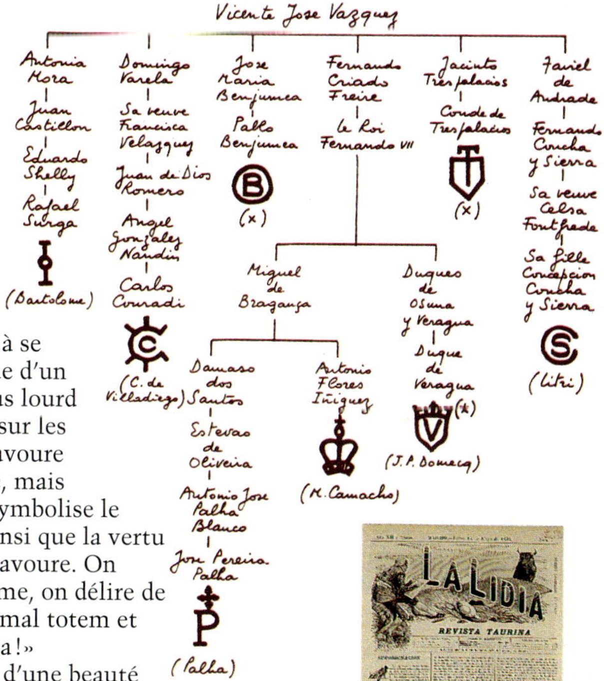

«Viva España!»

Les aficionados espagnols continuent à se lever en masse à la vue d'un taureau de plus en plus lourd et féroce qui s'élance sur les picadors et dont la bravoure pathétique, admirable, mais finalement vaincue, symbolise le destin d'une nation ainsi que la vertu qui la distingue : la bravoure. On trépigne d'enthousiasme, on délire de fierté, on célèbre l'animal totem et on clame «Viva España!»

Cet animal unique, d'une beauté exceptionnelle, est avant tout espagnol. En 1905, les éleveurs se regroupent au sein d'une association : la *Union de criadores de reses bravas*. En l'absence d'un règlement national, qui ne viendra qu'en 1930, les *ganaderos* s'efforcent de protéger leurs intérêts menacés par les trafiquants et les revendeurs de bétail. Ils se mobilisent par ailleurs pour tenter de modifier une pique trop efficace, l'empêchant de s'enfoncer trop profondément dans les chairs du taureau; elle sera pourvue d'une rondelle d'arrêt en 1917.

Les toreros, de leur côté, s'organisent et fondent sous l'impulsion de Ricardo Bombita une association de secours mutuel, dite «Montepio», chargée de l'équipement sanitaire des arènes, souvent inexistant ou rudimentaire, tandis que Madrid s'équipe d'une clinique privée, bientôt célèbre, dirigée par les premiers spécialistes de traumatologie taurine.

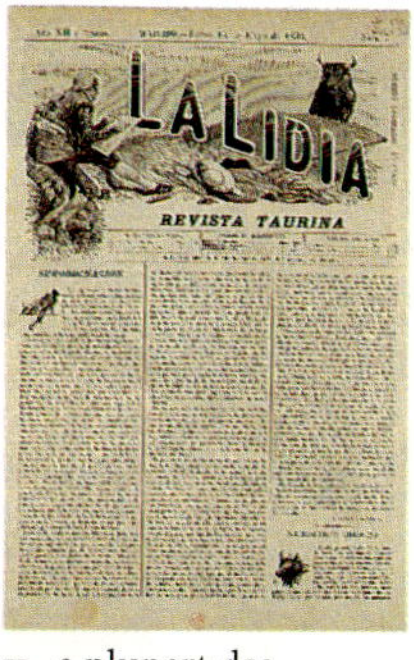

La plupart des branches de la race Vazquez, célèbre et prisée avant 1900, ont aujourd'hui disparu. De même certaines revues, comme *La Lidia*. Les plus anciennes publications taurines existantes sont françaises : *La Course landaise* (1905) et *Toros*, de Nîmes (1925).

Les blessures et les capeas

C'est que l'époque est rude. Le torero le plus doué de sa génération, Antonio Fuentes, aux élégances classiques, voit sa carrière compromise par une blessure mal guérie. Bombita lui-même, au terme d'une carrière de don Juan, ne compte pas moins de dix-huit blessures graves. Compte tenu de l'agressivité accrue des taureaux, sa cuadrilla, avant de défiler, remplace le «Bonne chance!» traditionnel que se lancent les combattants par une formule à l'humour lucide et réfrigérant : «Que no sea mucho, Maestro! (Espérons que cela ne sera pas trop grave, Maître!)»

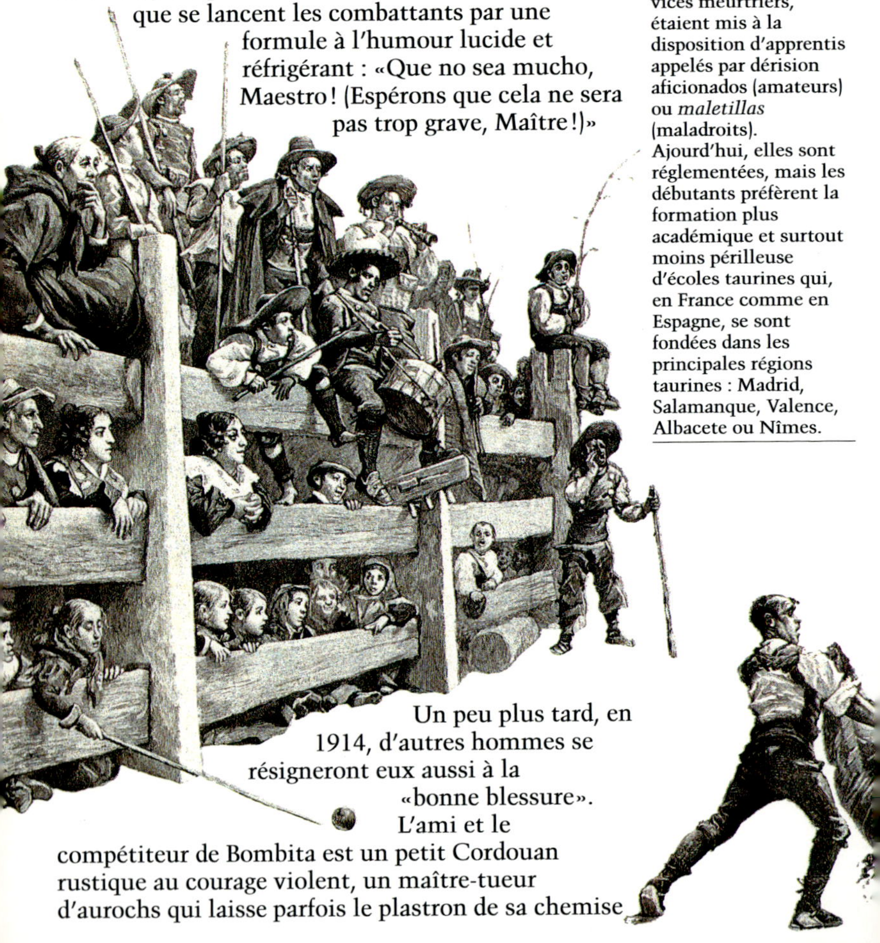

Un peu plus tard, en 1914, d'autres hommes se résigneront eux aussi à la «bonne blessure». L'ami et le compétiteur de Bombita est un petit Cordouan rustique au courage violent, un maître-tueur d'aurochs qui laisse parfois le plastron de sa chemise

Les capeas furent longtemps le creuset des vocations taurines. Des générations de jeunes sans protections y perdirent leurs illusions et parfois leurs vies. Des taureaux ou des vaches plusieurs fois courus, ayant donc pris des vices meurtriers, étaient mis à la disposition d'apprentis appelés par dérision aficionados (amateurs) ou *maletillas* (maladroits). Ajourd'hui, elles sont réglementées, mais les débutants préfèrent la formation plus académique et surtout moins périlleuse d'écoles taurines qui, en France comme en Espagne, se sont fondées dans les principales régions taurines : Madrid, Salamanque, Valence, Albacete ou Nîmes.

au bout de la corne : Machaquito. Il est couturé de partout, comme le Madrilène Vicente Pastor qui avoue «trembler comme un chat fouetté» avant le combat. En piste, le courage froid de ce monument de vergogne effraie pourtant les plus blasés.

Seul l'inimitable «El Gallo» s'organise avec prudence pour sortir vivant et sur ses pieds de l'arène. Ses accès de panique provoquent d'énormes scandales. Créateur inspiré d'arabesques spectaculaires, c'est un artiste gitan, donc, pour l'Espagne du temps, un illuminé irresponsable à qui tout est pardonné.

Cette même Espagne, encore rude, baigne dans la tragédie quotidienne des capeas, sorte de corridas villageoises au rabais où des adolescents faméliques, apprentis toreros en guenilles, risquent leur vie ardente et désespérée face à des taureaux impossibles. Ces capeas meurtrières, souvent dénoncées par les gens raisonnables, survivront encore un demi-siècle. Elles constituent la toile de fond de cet âge de fer de la corrida, en attendant que ne s'ouvre, après 1910, le second âge d'or.

Quelles que soient les convictions religieuses des toreros, aucun d'eux ne part au combat sans s'être recueilli un instant devant des images pieuses. Une veilleuse brûlera dans la chambre, interdite à quiconque jusqu'à la fin de la course. Toute arène d'une certaine importance comporte une chapelle.

Entre 1913 et 1920, la corrida-combat semble à son apogée, avec l'insurpassable Joselito. Pourtant, cette conception logique de la tauromachie, considérée comme une technique défensive et qui approche, avec Joselito, de la perfection, sera dès 1914 radicalement contestée par l'irruption d'un génie : d'abord incompris des spécialistes, Belmonte va bouleverser de façon irréversible l'art de toréer.

CHAPITRE VI
LA CORRIDA DEVIENT UN ART

Au début du XXe siècle, l'affiche rencontre le modern'style et la corrida découvre l'esthétique qui devient désormais sa préoccupation majeure, mais sur la base immuable du taureau et de son combat.

Les Gomez sont une famille d'artistes gitans et andalous. Les femmes y cultivent le flamenco et les hommes, surnommés à chaque génération, Gallo ou Gallito (petit coq), sont voués dès leur naissance à la tauromachie. Fernando, le père (à gauche), en connaît tous les secrets : il a mené la longue et inégale carrière des artistes consommés, quoique fragiles. Son bambin tient à peine sur ses jambes, mais il est déjà rodé au mécanisme de l'estocade qu'il a exercé sur son frère aîné. C'est le futur prodige : Joselito.

Né en 1895 près de Séville, José Gomez, dit Joselito, est un aigle. De 1913 à 1920, il incarne et résume un siècle de tauromachie rationnelle et brave. Formé par son père et ses frères toreros, Joselito entame à treize ans une carrière de virtuose. D'emblée, il révèle des dons supérieurs de courage et d'intelligence devant les cornes. Amoureux fou de son métier, il le domine à fond et le vit comme une vocation totale. Il devient matador à dix-sept ans et sa supériorité immédiate fait dire au meilleur de ses pairs : «Quand l'eau arrive à sa poitrine, nous sommes tous noyés!»

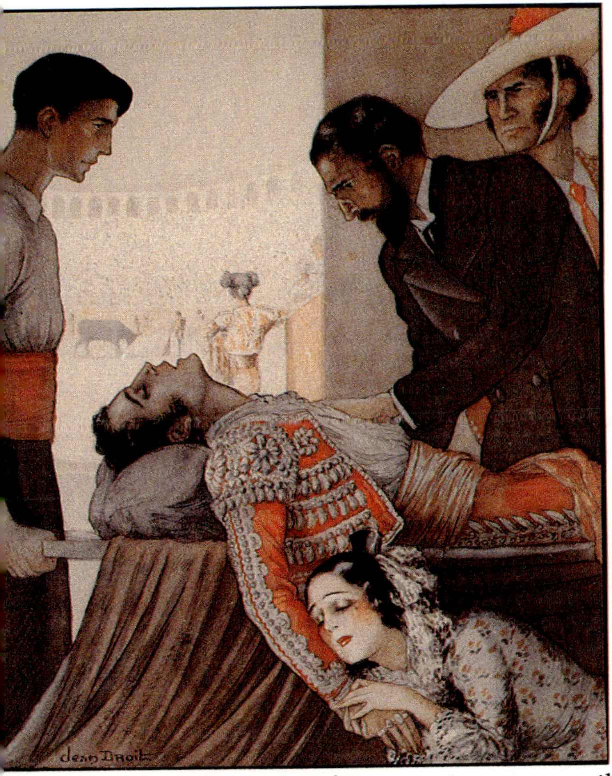

Joselito n'eut qu'un amour, secret et douloureux : Guadalupe, fille du grand éleveur Pablo Romero. Mais la famille s'opposa à cette mésalliance avec un simple torero, gitan de surcroît, fût-il la gloire nationale. Joselito mourut, et Guadalupe rentra dans les ordres, à Séville... Comme les Gomez n'avaient pas leur caveau en ordre, les Romero accueillirent quelque temps Joselito dans leur mausolée.

Trois générations de toreros (page de gauche) se sont placées, d'instinct, devant l'objectif du photographe, selon l'ordre d'ancienneté rigoureusement respecté au paseo, face au public : assis à droite, le vieux maître Guerrita habitué aux honneurs d'une cour perpétuelle à Cordoue ; admis à son côté, son concitoyen Machaquito ; à peine retiré, debout mais coiffé, Rafael Gomez «El Gallo», artiste aux foucades prodigieuses ; en retrait et tête nue, son cadet Joselito au maintien plus discret. Il est pourtant à cette époque une célébrité nationale, mais il est toujours, en tauromachie, des circonstances où l'éclat de la renommée s'efface derrière l'ancienneté du titre.

Servi par un physique parfait et porté par un orgueil exigeant, Joselito domine toutes les phases de la corrida et les adversaires les plus différents. Sa maîtrise, sa connaissance du bétail et la richesse de son répertoire lui permettent de «s'enfermer» seul, souvent, face à six taureaux, et d'en triompher avec aisance.

Apparemment invincible, il tombe pourtant le 16 mai 1920 dans l'arène secondaire de Talavera, tué par Bailador, un taureau indigne de son talent. Au lendemain de sa mort incroyable, à vingt-cinq ans, Guerrita résume le désarroi du monde taurin : «*Se han acabado los toros!* (La corrida, c'est fini !)». Le vieux calife ne pouvait concevoir qu'elle recommençait à peine.

Belmonte réinvente la tauromachie

Fin 1913, Juan Belmonte devient, à titre précaire et presque par dérision, matador de toros. Petit, prognathe, laid, sans formation et sans recours, au début, Belmonte n'est rien ! Rien qu'un courage halluciné. Ce fils de quincailler du faubourg sévillan de Triana ne porte pour tout bagage que la folie tragique des ratés qui n'ont rien à perdre qu'une vie désespérée.

Cependant, Belmonte met au point une technique exceptionnelle, fondée sur la réduction maximale des déplacements, essayant d'oublier qu'il a des jambes. Ce manque de mobilité est compensé par un jeu de bras et de ceinture nouveau et saisissant. Il dévie la charge du taureau devant lui, ce qui se fait déjà, mais, sitôt que les cornes arrivent à sa hauteur, il rabat le fauve derrière lui au lieu de le rejeter loin de lui ! Cette innovation extraordinaire contredit la conception défensive et traditionnelle du combat : Belmonte retient le danger, il ne l'éloigne pas. D'assauts rectilignes brisés, il transforme la tauromachie en épousailles courbes. Mais en imposant deux

Au début, Belmonte (ci-contre) est à la merci des cornes. Guerrita informe les aficionados sensés : «Dépêchez-vous d'aller le voir… On ne peut pas toréer ainsi !» Mais Federico Garcia Lorca, le poète, a déjà compris que la révolution était en marche : «Il fallait qu'arrivât Belmonte, vêtu de vert, extatique, plein de l'émotion courbe d'un arc tendu.»

changements de direction au taureau, Belmonte modifie la perception du temps chez le spectateur. Il freine légèrement la charge et donne à ses gestes l'illusion d'un véritable ralenti.

Avec lui, l'irrationnel et le pathétique entrent dans l'arène ; le beau et le sensible deviennent l'objectif majeur du combat. La technique n'est plus une fin en soi, mais le moyen d'accès à la magie.

Roué de coups, maladif, impuissant face aux taureaux difficiles, Belmonte soutient une rivalité impossible avec l'inégalable Joselito qu'il influence et de qui il reçoit un jour un hommage définitif. Au soir d'une course désastreuse de Belmonte, mais sauvée par un triomphe total de Joselito, ce dernier, mélancolique, avoue aux amis qui le félicitent : «C'est vrai, aujourd'hui, j'ai triomphé... mais celui qui a toréé, ce qui s'appelle toréer, c'est Belmonte !»

❝La véronique de Belmonte était supérieure à tout ce que j'ai vu depuis, pour une raison définitive : sa terminaison se confondait avec la naissance de la suivante. Personne n'a lié les passes avec une telle profondeur... Cela agissait comme un drogue. On ne comprenait pas... on sentait et on criait !❞

José Alameda (1989)

A LOS TOROS

Les intellectuels reviennent à la corrida

La révolution de Belmonte relève l'image de la corrida et lui confère une dimension artistique nouvelle qui intrigue et attire un public plus large. Sur les gradins, on rencontre désormais des amateurs d'art qui attendent le moment fulgurant, par exemple le spasme de la demi-véronique de Belmonte. La très forte personnalité du Sévillan, sa qualité humaine étonnante hors de l'arène, accompagnent et favorisent le retournement complet de l'opinion des intellectuels à l'égard de la corrida. Aux donneurs de leçons de la Génération 98, succède, vers 1920, une élite désormais attentive et respectueuse.

Grand aficionado et ami du torero-poète Sanchez Mejias, tué en 1934, Federico Garcia Lorca reste le symbole de cette Génération 27. Manuel de Falla porte haut le flamenco, métaphore musicale de la corrida. Le philosophe José Ortega y Gasset consacre le ralliement de l'intelligentsia à la corrida considérée

Assez rare dans ses toiles, la tauromachie a cependant beaucoup inspiré Pablo Picasso, notamment dans ses pastels de 1901 – *L'Arène, Toréadors, Picadors* – et dans ses eaux-fortes de 1898 à 1921 – *Le Picador El Zurdo, Suerte de Vars*. D'autre part, l'artiste a illustré *La Tauromachie,* de Pepe-Hillo, et réalisé, en 1949, d'importantes lithographies, dont *La Grande Corrida*. Le taureau-symbole est présent d'une manière particulièrement saisissante dans la très célèbre composition de *Guernica*.

comme un art populaire majeur : «On ne peut pas bien comprendre l'Espagne de 1650 à nos jours, dit-il, si on n'a pas une connaissance bien établie, profonde, de l'histoire de la corrida.»

Avec *Mort dans l'après-midi*, paru en traduction française en 1934 dans la revue *Voilà* (ci-dessus), Ernest Hemingway signe un grand roman taurin. Il est, en bas, photographié entre les deux toreros de son œuvre et de sa vie : Niño de la Palma et son fils, Antonio Ordoñez, en costume goyesque, dont le personnage servit de fil conducteur à la dernière œuvre du prix Nobel, quelque trente ans plus tard.

Cette nouvelle image de la fête brave lui vaut, hors frontières, une audience neuve et surprenante. En 1923, Ernest Hemingway, alors correspondant du *Toronto Star* à Paris, découvre, fasciné, la fiesta à Pampelune : «Tous les carnavals que j'ai connus pâlissent en comparaison. Les rues étaient une masse solide de danseurs...» Le futur prix Nobel de littérature découvre l'art de Belmonte à travers le torero Niño de la Palma : il sent l'émotion supérieure que peut donner, face à un taureau, un homme muni d'un drap de serge rouge.

AVEC PICASSO

Le soleil se lève aussi raconte, en 1926, le désespoir pudique d'une génération perdue. C'est aussi un hymne à la fête taurine, à Pampelune, et à ses encierros. *Mort dans l'après-midi* et *L'Eté dangereux*, dernier texte de l'écrivain, vont gagner à la corrida des millions de spectateurs anglo-saxons.

En France, Joseph Peyré obtient le prix Goncourt en 1934 avec un grand roman taurin, *Sang et Lumières*, et la tauromachie hante l'œuvre d'Henri de Montherlant. Jean Cocteau fait la transition avec les arts plastiques qui, avec Pablo Picasso, André Masson, Raoul Dufy, Oudot, Yves Brayer ou Krohg, retrouvent la corrida.

La corrida se transforme

Pour que le spectacle soit conforme aux exigences sensibles de ce nouveau public, il faut qu'il supprime sa dernière authenticité barbare : le massacre des chevaux des picadors. Primo de Rivera prend, en 1928, la décision nécessaire : l'usage obligatoire, en Espagne, du caparaçon protecteur, déjà expérimenté ici ou là en France, depuis cinquante ans, avec des fortunes diverses. Cette adaptation capitale ouvre la corrida au public potentiel qu'elle attirait – souvent féminin – mais qui ne pouvait supporter l'hécatombe des chevaux. En atténuant sa cruauté, le spectacle augmente son public, et sa féminisation aura des conséquences considérables sur l'évolution de l'art taurin.

Les puristes s'indignent de cette mesure qui met fin à la noblesse déjà décadente d'une caste jadis prestigieuse : celle des picadors à rouflaquettes. La race des beaux hommes en culotte de peau, recousus de partout, s'éteint dans la corporation bornée des Uhlans subalternes. Au XXe siècle, le picador devient un comparse et la pique un mal nécessaire.

Le grand taureau s'écroule dans une ultime charge, au centre de l'arène, «comme un soldat blessé qui veut mourir debout». De l'aveu même de nombreux éleveurs, sa bravoure, jamais enseignée, jamais exercée, est un mystère. Il n'est pas rare de voir des vaches refuser la liberté à l'issue de leur *tienta*. Elles veulent continuer à se battre, méprisant la porte ouverte sur les champs et il faut les expulser de vive force. C'est une vache revenue d'elle-même dans l'arène qui a tué Antonio Bienvenida lors d'un entraînement.

L'estocade, bien portée, ne touche pas le cœur, situé trop bas et en avant, mais l'un des gros vaisseaux qui le rejoignent et dont l'hémorragie est fatale en quelques secondes.

De nouveaux taureaux

Une autre adaptation, beaucoup plus discutable, s'opère à partir des années vingt. Il s'agit de la mise en conformité du taureau avec les exigences techniques et esthétiques imposées par la révolution de Belmonte. En clair, la sélection s'oriente désormais dans le sens d'un amoindrissement de la puissance et de la férocité. Avec Belmonte, le déplacement de l'intérêt du combat vers son troisième temps, la faena de muleta, conduit les éleveurs à rechercher le taureau de tenue, qui termine avec de l'allant et une noblesse longue, persistante. Ceci au détriment, parfois, de la force, et surtout de la bravoure, qui n'est plus le critère premier. Un type de taureau s'impose alors, l'Andalou d'origine Santa Coloma. Et dans cette souche, la famille Parladé, plus docile ou moins rétive, sera privilégiée.

En Castille, en Navarre et dans la province de Salamanque, le taureau andalou importé fait disparaître toutes les races locales. Les toreros commencent à exiger

Le *peto*, ou caparaçon actuel, assure une protection totale du cheval, mais son poids excessif et sa rigidité ne permettent plus de juger la véritable bravoure du taureau.

un animal de morphologie commode, bas de garrot, à cornes étroites. Pour toréer avec art, c'est-à-dire de près, et parfois en surplomb, ce taureau qui «plonge» est nécessaire. Il est encore dangereux.

Les années difficiles de l'après-Belmonte

L'assimilation des techniques de Belmonte présente des difficultés, tout d'abord parce que la rudesse du taureau, pas encore atténuée, rend périlleuse la tauromachie rapprochée et lente. Elle est plus aisée à la cape, avant que le fauve alourdi et dangereux ne se mette en défense. Et si la décennie 1920-1930 ne voit émerger aucun torero de très haut niveau, elle abonde cependant en prestigieux

Sévère mais impartiale, la revue taurine française *Le Toril* faisait autorité dans les années 1930.

manieurs de cape qui brillent au premier tiers du combat.

Un technicien incomparable, Marcial Lalanda, plus proche de Joselito que de Belmonte, occupe avec prudence le devant de la scène. Torero très complet, il excelle surtout par ses véroniques à genoux et la prodigieuse *mariposa* de son invention : une sorte de longue palpitation de cape que personne après lui n'a su réussir. Deux toreros doués mais fragiles le suivent, Chicuelo, inventeur lui aussi d'une passe de cape, la *chicuelina*, puis le fin Madrilène Antonio Marquez. Les faveurs du public vont encore à des braves, solides mais limités, tels Maera, Villalta et Valencia II. En l'absence de Belmonte, retraité provisoire, ses partisans militent en faveur d'artistes qui s'emploient avec parcimonie, comme Cagancho ou La Serna. Ils furent tous de bons ou de remarquables capeadores.

Mais l'époque est rude ! Granero est tué à vingt ans, sans avoir pu donner sa mesure. Varelito, Litri, Gitanillo de Triana vont encore tomber sous la corne. Et le stylisme de l'époque masque souvent l'impuissance à reproduire, sauf à la cape, la souveraine immobilité de jambes de Belmonte; témoin, Niño de la Palma, qui, victime de trop nombreuses blessures, abandonne prématurément.

Enfin Ortega vint !

De 1930 à 1940, cinq toreros importants dominent l'arène : Lalanda, déjà cité, surmonte ses ennuis de

Lalanda (page de gauche, à gauche) et Belmonte (au centre), prêts à entrer dans l'arène. C'est un moment de très grande tension. Malgré son courage, Belmonte avouait : «Après avoir traversé l'arène, si une porte ouverte s'offrait à moi, plutôt qu'une barricade fermée, je serais capable de la prendre, de m'enfuir et de courir jusqu'à la nuit tombée !»

C'est une œuvre originale primée qui, chaque année, fait l'affiche de la feria d'août à Bilbao.

santé et atteint sa plénitude ; Vicente Barrera, Manolo Bienvenida et le Mexicain Armillita le suivent de près, le premier très capable et les deux autres très complets. Mais tous doivent bientôt admettre la supériorité de Domingo Ortega.

Petit paysan de Castille et autodidacte de la corrida, Domingo atteint, à force de calme et d'habileté dans le déplacement des leurres, une maîtrise totale sur les taureaux. Certes, Ortega élude parfois les difficultés et se déplace trop entre les passes, mais il parvient à les lier en séries et, servit par une technique très sûre, il assagit la tauromachie follement périlleuse de Belmonte.

Dans et hors l'arène, la corrida porte désormais la marque profonde de Belmonte. Par tradition, on restait torero jusque dans sa vie quotidienne. Le torero se distinguait

Domingo Ortega sort triomphalement d'un festival, sorte de course de bienfaisance donnée en *traje corto*, le costume typique andalou. L'apport de ce Castillan est très important. Son habileté à se déplacer en rythme avec le taureau, son intuition des réactions animales, sa façon de s'adapter sans heurt aux charges pour les utiliser d'abord, pour les soumettre ensuite à sa volonté, ce talent de «lidiador» donc, permettent à Ortega de réussir fréquemment ce qui était considéré jusqu'alors comme une prouesse technique rare : toréer en rond, répéter cinq, six fois la même passe sur la même corne, en pivotant sur place. Cuchares avait jeté les bases de la tauromachie circulaire, le toreo en *redondo*, et Joselito s'y était appliqué, tandis que Belmonte ne s'y risquait que rarement. En quelques faenas mémorables, Chicuelo avait fait avancer le projet. Ortega le fait aboutir : aujourd'hui, tous les toreros toréent en rond à la muleta.

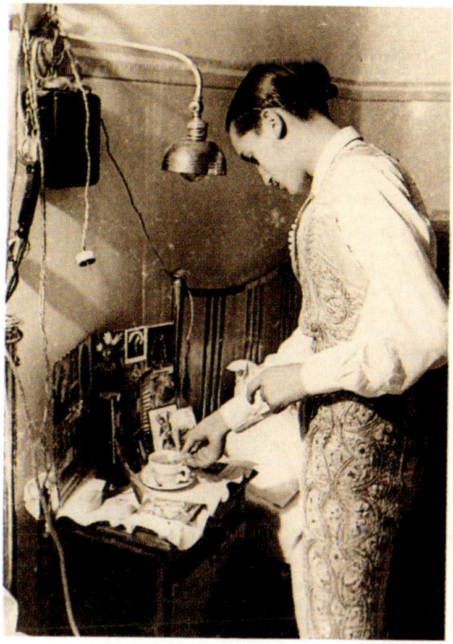

par ses mœurs, ses habitudes et même son costume de ville, le typique *traje corto*. En signe de rupture, Belmonte supprime la *coleta*, cette mèche tressée sur la nuque qui désignait le torero dans la rue. Il se veut un homme ordinaire hors de l'arène. Il voyage, lit, fréquente les milieux artistiques et intellectuels. A son image, les vedettes de la corrida de l'entre-deux-guerres mènent la vie habituelle des jeunes gens fortunés. On les voit plus souvent dans les palaces et les dancings à la mode que dans les bars taurins. Les toreros s'entraînent peu, seulement en début de saison, dans les élevages. Ils préfèrent s'étourdir dans une Espagne inquiète qui sent monter la tragédie de 1936.

La piété d'Aparicio (à gauche), l'espagnolisme de convention, et la prestance d'Antonio Bienvenida (ci-dessous).

Manolete, torero d'époque

Avec Ortega, l'art taurin semble parvenu à un réel équilibre. Un torero de «multitudes», pathétique, va le remettre en question : Manolete, qui incarne le «délire d'un peuple». Son courage stoïque lui permet, face à un taureau plus facile, de pousser à l'extrême les principes désormais classiques instaurés par Belmonte, jusqu'à les trahir, dit-on. Il le dépasse dans sa recherche de l'immobilité absolue au passage des cornes. Il torée plus près que tous, en séries de passes plus liées que jamais. Le charisme impressionnant de son masque émacié et de sa silhouette rigide, son courage résigné mais inébranlable, portent à fond sur un public traumatisé par la récente guerre civile.

De 1939 au 27 août 1947, Manolete est le torero de son temps par excellence, et sa mort de légende, à Linares, a longtemps occulté la réserve majeure qu'on peut aujourd'hui lui opposer : l'amoindrissement du taureau de combat, dont il n'est d'ailleurs pas le seul responsable. En fait, c'est tout l'élevage espagnol qui sort amoindri d'un conflit terrible, laissant un pays exsangue et démuni de tout.

En outre, on ne peut tenir Manolete pour responsable de l'exploitation que le régime franquiste a pu faire de son image. C'est la corrida dans son ensemble, considérée

La forte personnalité de Luis Miguel Dominguin (ci-dessous), ses aptitudes et son goût pour défrayer la chronique, ses poses, ses défis et ses frasques, ne doivent pas occulter l'essentiel : il fut un très grand torero, cérébral, complet, et supérieurement doué, sauf dans son expression artistique, sans doute limitée par son excès d'orgueil et d'intelligence.

Dirigé par Camara, un *apoderado* (fondé de pouvoir) implacable, Manolete a dominé son époque. Il toréait où et quand il voulait, choisissant des taureaux à sa convenance et des collègues de son agrément. Sa santé fragile ne lui permit pas de surmonter la grave blessure infligée par Islero, de Miura. Après sa mort, les critiques ont jailli : celle, discutable, d'avoir toréé de profil ; et celle, plus grave, d'avoir imposé souvent l'*afeitado*, l'épointage des cornes.

comme le «spectacle racial de tous les Espagnols», qui a servi de thème de propagande. La corrida a pu paraître de droite et devenir la vitrine d'un impérialisme culturel mal accepté dans les régions à sensibilité autonomiste marquée, la Catalogne et le pays Basque. Le temps, heureusement, lui a fait justice.

De Dominguin à Rincón

Dans les années 1950, par sa technique magistrale, Luis Miguel Dominguin sauvegarde et adapte le meilleur des apports de Manolete : le lié des passes en rond. Tous les toreros de nos jours recherchent et obtiennent cette liaison qui suscite l'émotion et déclenche le succès. Trop inconstant, le Sévillan Pepe Luis

Vazquez n'avait pu contester la suprématie de Manolete. Mais, après la tragédie de 1947, et en réaction contre le stylisme forcé des imitateurs du disparu, la corrida est dominée par le renouveau classique de Dominguin et l'orthodoxie somptueuse d'Ordoñez, le maître des années 1960, l'un des trois ou quatre meilleurs toreros du siècle.

Dix ans plus tard surgit, avec un pathétisme iconoclaste et ricanant, El Cordobés. Grand torero

d'instinct, il fait oublier l'amoindrissement parfois scandaleux du taureau et distance dans l'estime du grand public deux très bons exécutants classiques, Paco Camino et El Viti. Né au pire moment de la guerre civile, le torero connaît l'enfance miséreuse des orphelins républicains. Fortune faite, il exulte, se laisse pousser les cheveux, chasse avec le général Franco et se déplace en avion privé qu'il pilote lui-même. El Cordobés donne du toréro une image moderne, insolite et euphorique. Presque une hérésie ! Elle conviendra très bien à l'Espagne du grand décollage économique et de l'ouverture, celle de la revanche sur un passé amer.

Après le départ du Cordobés, abandonné par cette même ferveur populaire qui l'avait porté, Madrid et son cénacle sévère du gradin 7, appuyé par une campagne de presse virulente, donnent le signal du

Le règlement taurin espagnol impose, pour les arènes importantes, une identification très complète du taureau à son entrée en piste : de haut en bas du panneau ci-dessus, la reproduction du fer appliqué sur la cuisse de l'animal indique son élevage ; ici, celui de Victorino Martin. Le «A» surmonté de la couronne rappelle que la race fut fondée par le marquis d'Albaserrada. La devise (ou les couleurs) de l'élevage est également présente sur le dos de l'animal, qui porte le numéro 184 sur le registre et pèse 580 kilos vif, ce qui est très respectable. Le taureau actuel porte, en outre, sur son paleron droit, le dernier chiffre de son année de naissance.

Il est prévu de grâcier les taureaux les plus braves, à l'exemple de Regatillo de l'élevage Osborne (ci-dessus à droite), vainqueur de la dix-septième corrida-concours de Jérez.

retour au taureau comme valeur première. La décennie 1970 est marquée par la corrida-combat qui distingue un lutteur, Ruiz Miguel, et consacre un élevage redoutable, celui de Victorino Martin.

Ojeda domine les années 1980. Il est supplanté récemment par la vertu classique d'un petit Colombien au courage timide mais inébranlable, César Rincón, qui redonne de l'ampleur, de l'harmonie à ses gestes et remet le taureau en valeur. Son règne fragile commence à peine.

L'avenir de la corrida

Incontestée en Espagne où ont lieu chaque année près de mille spectacles, la corrida a pris fermement racine en France.

Beau-frère de Luis-Miguel, Antonio Ordoñez (ci-dessous) restera pour beaucoup l'artiste classique le plus harmonieux de son siècle. La puissance douce et persuasive de son style faisait dire qu'il berçait la tauromachie plus qu'il ne l'exécutait. De plus, la pureté très périlleuse de sa technique a résisté, sans s'altérer, à près de vingt blessures graves. Comme beaucoup de toreros retirés, et... enrichi, il se consacre, avec des fortunes très diverses, à l'élevage du taureau brave et, accessoirement, à l'organisation de spectacles taurins.

Cape et muleta

A l'origine la cape était le moyen d'expression essentiel du torero; et la muleta un simple accessoire technique, ne servant qu'au moment de l'estocade. La cape tauromachique, en toile rose et jaune, très lourde, et empesée à la colle de poisson, est issue du vêtement traditionnel castillan. Alors qu'elle était autrefois indispensable lors des *quites* de la phase des piques, elle ne sert plus guère aujourd'hui qu'à ralentir et à régler le taureau après son entrée dans l'arène. Le moment capital de la corrida est devenu, de nos jours, la faena de muleta. Tous les publics attendent, au dernier acte du combat, une conduite rapprochée et précise du taureau fixé (*parado*) par ce rectangle d'étoffe rouge. Les passes les plus méritoires se donnent par le bas et en rond : naturelles de la main gauche, et *derechazos* de la droite. Page de gauche, de gauche à droite et de haut en bas : Ruiz Miguel (*chicuelina*), Victor Puerto et Richard Milian (véroniques), Rafi Camino recevant un taureau difficile. Page de droite : Emilio Muñoz et Rafi Camino (en bas) enchaînent les derechazos.

Mise à mort et triomphe

Les programmes des corridas sont établis pour satisfaire les deux tendances qui parcourent aujourd'hui le grand public comme les aficionados : le taureau d'abord pour les *tauristas*, l'art par-dessus tout pour les *taureristas*. Organisée sur la base de taureaux réputés sérieux ou difficiles, tels les Miuras, les Guardiolas ou les Victorino Martin, la corrida-combat, celle des *tauristas*, est réservée à des toreros qui se distinguent par l'efficacité de leur technique et la fermeté de leur courage. Luis Francisco Espla (page de gauche) est un maître tacticien qui domine avec intelligence et élégance toutes les phases du combat, y compris l'estocade. Comme lui, El Fundi (ci-contre, en haut), récompensé par le trophée symbolique d'une oreille, et Victor Mendes (en bas), qui salue sous l'ovation, sont avant tout des professionnels solides et complets, experts dans la spectaculaire pose des banderilles. Chaque année, la feria de Nîmes offre un panorama complet de la tauromachie contemporaine.

Plus de cent courses importantes se donnent chaque année, de Pâques à la Toussaint, dans une trentaine de villes taurines.

On peut se demander si ce spectacle, archaïque pour l'essentiel, pourra se maintenir dans un monde qui évolue sans cesse... La corrida a résisté à plusieurs siècles de censures et de condamnations tant civiles que religieuses en des temps de pouvoir fort et de foi prédominante. Aujourd'hui, dans une Europe qui se construit, les pressions anglo-saxonnes qui s'exercent à Bruxelles obtiendront-elles un jour prochain son interdiction ? Rien n'est moins sûr. En France, depuis la fin de la Seconde Guerre, le nombre d'arènes et de spectacles a triplé. La corrida n'a jamais eu pareille

Avec trois ferias par an, à Carnaval, Pentecôte et aux vendanges, et un amphithéâtre de plus de vingt mille spectateurs, Nîmes est, sans conteste, la capitale française de la tauromachie. Quinze corridas et dix novilladas y ont été organisées en 1991 par Simon Casas, qui a placé Nîmes, juste après Madrid et Séville, au sommet de la hiérarchie taurine.

audience dans le pays qui vient de perdre, avec Christian Montcouquiol, «Nimeño II», un torero de valeur internationale reconnue. La corrida, qu'on le veuille ou non, est un fait de civilisation incontournable, pour des millions de citoyens de France...

Bruxelles aura sans doute la patience et la sagesse d'attendre que le «peuple du taureau» décide lui-même du moment où la corrida ne sera plus nécessaire pour illustrer de façon aveuglante trois valeurs profondes de l'animal debout : l'intelligence, le courage et la beauté.

C'est à Nîmes, à la féria de 1989, que Niméño II connut son plus grand triomphe. La même année, il est gravement blessé en Arles par un taureau de Miura, et met fin à ses jours le 25 novembre 1991. Ce fut un vrai torero. Page suivante : pose des banderilles par Victor Mendes.

TÉMOIGNAGES ET DOCUMENTS

De l'ombre à la lumière,
de la peur au courage,
de la bravoure à la noblesse,
les arcanes du toreo.

La corrida à travers récits et chroniques

Du XVIIe siècle à nos jours, les écrits des témoins du spectacle taurin, simples voyageurs, curieux sans préjugés, ou connaisseurs attentifs, nous donnent des renseignements précieux sur l'évolution de la corrida. On y voit la tauromachie se transformer, s'épurer, se fixer, et développer peu à peu les exigences techniques et esthétiques qui la situent aujourd'hui au rang d'un art contesté, difficile d'accès, mais authentique.

Course donnée à Madrid pour le baptême de l'Infante Marie-Eugénie

La joute équestre «au rejon» reste alors à son apogée.

Le plan de ladite place était entièrement couvert de sable et les avenues fermées excepté une seule où était faite une loge exprès d'où on faisait sortir le toro déjà échauffé au combat, auquel en sortant de sa loge on darde une grande quantité de cannes qui s'attachent sur sa peau par le moyen d'un aiguillon ou pointe aiguë insérée dans la dite canne. La bête sentant la douleur se met furieusement à bramer et courir où elle voit plus de peuple qui avec leurs manteaux en drap rouge ou autre couverture les rend si furieux et étonnés qu'ils ne savent où aller. Et enfin quand il a bien couru pour attraper quelqu'un et qu'on le voit bien lassé, et après avoir donné licence par le son de la trompette, on l'approche avec l'épée et celui qui peut être le plus agile lui tranche un jarret ou bien quelque cavalier monté à l'avantage entre dans la place tenant un bâton en main guère plus long d'une aune, au bout duquel est un fer duquel il assène si adroitement l'os du col derrière et entre les deux cornes qu'il le jette raide mort en terre. Quelquefois le cavalier pour n'être pas assez agile y sera tué ou son cheval sous lui. A la chasse qui fut faite pour Monseigneur, il y eut 24 toros tués l'un après l'autre et un beau cheval du conde de Ricla et quelques personnes blessées. Avant que les toros entrent en place on fait retirer le monde tant que l'on peut; néanmoins il en demeure toujours quantité désireux de faire voir leur agilité devant le Roi et tout ce peuple étant, c'est chose assez rare que personne n'ait été tué comme il arrive souvent. Encore le peuple ne fait cas de la fête sans la mort de quelqu'un, ce qui ressent encore des Morisques ou des temps des anciens Romains. Confitures et eaux exquises furent distribuées par les balcons où nous étions, la fête étant finie.

1626,
Cardinal Barberino,
in Auguste Lafront,
La Fête espagnole des taureaux vue par des voyageurs étrangers (XVIe-XVIIIe),
Union des bibliophiles taurins de France,
1988

La tauromachie navarraise

De passage à Bayonne, Joseph-François Duché de Vanci, accompagnant Philippe d'Anjou en route pour le trône d'Espagne, nous donne le précieux témoignage d'une course navarraise. Le cavalier en est absent. Le combat est exclusivement l'affaire de piétons, «matatoros» rétribués. Son organisation préfigure déjà la corrida moderne recréée par les Andalous dans la seconde partie du XVIIIe siècle.

On faisait entrer un taureau seul à la fois. Ce taureau, la tête levée, entrait courant dans la carrière. Un *tauréador* l'attaquant, et dans le moment que le taureau baissait la tête pour de ses cornes enlever l'homme, le *tauréador*, prenant le temps adroitement, lui enfonçait un dard dans le haut du cou, passant la main entre ses cornes et quelquefois même deux à la fois. Ces dards, ont deux pieds de long au plus, et ont un petit fer au bout, fait comme un petit fer de flèche. Le manche de ces dards est garni de fanfreluches de papier blanc, de sorte que quand un taureau en a cinq ou six sur le cou, cela lui pend à droite et à gauche et lui sert d'ornement. La douleur qu'il en ressent le rend plus furieux, et il redouble ses attaques contre les *tauréadors*, s'adressant tantôt à l'un tantôt à l'autre. Ces hommes qui l'attendent de pied ferme, lui lancent dans les côtés d'autres dards plus légers, ou lui présentent leurs chapeaux et des espèces de manteaux qu'ils portent d'une main, et qui étonnant le taureau, l'obligent à se détourner, ce qui se fait avec beaucoup d'adresse et de subtilité. S'il arrive quelquefois que le taureau les presse de trop près, ils sautent hardiment sur les garde-fous qui sont autour des amphithéâtres, et chacun leur tend la main pour les aider à se garantir de la furie de ces bêtes.

Quand le taureau a reçu beaucoup de dards, les *tauréadors* l'attaquent avec des épées, et lui en ayant donné deux ou trois coups dans le défaut de l'épaule ou dans le cou, cet animal perd la force avec le sang, tombe sur le côté; on l'achève, et en même temps on voit entrer trois mules attelées de front, ornées de quantité de rubans, qui chassées à grands coups de fouet par des gens qui les conduisent, viennent à toutes jambes avec un certain attirail à quoi l'on attache promptement le taureau par les cornes, et elles l'emmènent hors du champ de bataille avec la même vitesse qu'elles y sont entrées. Pendant tout le combat, il y a des trompettes qui sonnent la charge, et quand l'animal est par terre, ils sonnent fanfare, jusqu'à ce que les mules l'aient tiré dehors.

Il y a eu plusieurs taureaux attaqués par des mâtins. Ces animaux saisissent le taureau ou au mufle, ou proche de l'œil, ou entre les jambes. Le taureau a beau secouer la tête, se défendre de la corne et du pied, le diable de chien ne quitte point sa prise. […] Un de ces taureaux s'est défendu contre deux chiens et six hommes : cependant un homme l'a saisi par les cornes, un autre par la queue, d'autres par les jambes de derrière, et tous réunis l'ont jeté sur le côté et l'ont tué. Il y en a un qui a été tué fort adroitement d'un seul coup de poignard entre les deux cornes ; mais une chose qui est fort hardie, fort périlleuse et fort adroite, c'est ce que j'ai vu faire à un de ces *tauréadors* : il met un genou en terre, la lance en arrêt, et attend ainsi le taureau à la sortie de la porte. Cet animal, en entrant dans la place, vient droit à lui, s'enferre de lui-même et tombe raide mort sur la place. Si le tauréador manquait de force et d'adresse, il n'y va que de la vie, ou tout au moins d'être foulé aux pieds du taureau.

[...] Pendant tout le spectacle, un Espagnol se promenait gravement dans le milieu de la place, le nez dans son manteau, et quand quelque taureau venait à ses trousses, il le développait fort posément, en donnait d'un bout dans le nez de cet animal, et continuait son chemin, remettant son manteau sur l'épaule d'un air fier et tranquille.

Après plusieurs bravoures de cette nature, il y a eu enfin un taureau qui a serré de près notre Espagnol : ce dernier a mis l'épée à la main pour se défendre. Le taureau n'entendant point raillerie l'a poussé si vivement, qu'il a été obligé de sauter sur le garde-fou des amphithéâtres.

L'épouvante l'avait saisi de telle sorte, qu'en sautant son épée lui est tombée des mains. Cette scène n'a pas fait moins de plaisir aux spectateurs qu'elle n'a fait de peur au champion, qui avait perdu tout son sang-froid et paraissait fort désorienté.

1701,
Joseph François Duché de Vanci
op. cit.

Une corrida donnée au Puerto de Santa María juste avant l'avènement de Pedro Romero

Les picadors de pique longue, les «varilargueros», ont toujours la prééminence dans le spectacle. Ils y interviennent à leur gré sur des chevaux en mouvement qu'ils laissent rarement toucher. Le matador n'a encore qu'un rôle second.

Le taureau s'élança en sortant sur un des cavaliers qui l'attendit en appuyant sa lance contre sa cuisse et fit une large blessure dans l'épaule de l'animal qui recula. Le sang jaillissait de sa blessure, le choc avait été si violent qu'il s'en fallut de bien peu que le cavalier ne fût renversé avec son cheval. Le tour vint au second cavalier, selon la loi du combat qui veut qu'il n'y en ait qu'un à la fois pour combattre et qu'il attende que le taureau l'attaque. L'animal blessé trottait à travers l'arène et tournait la tête de côté et d'autre, effarouché par les cris et les battements de mains des spectateurs. Le cavalier se présentait toujours en face de l'animal de quel côté qu'il se tournât. Enfin, il fondit sur le cheval et reçut un second coup de lance dans la poitrine. Le troisième cavalier se présenta et lui porta une troisième blessure. Le taureau commençait à s'épuiser par la perte de son sang, qui sortait de la gueule à grands flots ; ses yeux étincelaient de rage ; il chancelait, cependant il frappa la terre des pieds et battit ses flancs de la queue ; une fumée sortait de ses narines, et sa tête était comme enveloppée d'une atmosphère de son haleine enflammée. La trompette donna alors le signal de l'attaque des champions à pied, qui vinrent lancer leurs javelots sur le taureau. La douleur de ces nouvelles blessures l'anima ; il s'élança avec fureur sur l'un des combattants qui l'esquiva fort adroitement; le taureau fondit sur un autre qui venait de le blesser d'un javelot à la croupe; ce dernier se sauva en s'élançant par-dessus les barrières. Le taureau couvert de blessures perdait ses forces et ne pouvait plus se soutenir; alors la trompette donna le signal de l'attaque du matador.

Le premier des trois se présenta, ayant dans sa main gauche un bâton sur lequel il avait attaché un manteau : sa main droite était armée d'un coutelas à deux tranchants, large de quatre pouces et long de trois pieds. Il s'arrêta; et saisissant le moment où le taureau se débattait dans l'agonie de la mort et de la rage, il lui plongea son coutelas dans la nuque du col et le fit tomber sans vie.

1772,
Richard Twiss,
gentilhomme anglais,
op. cit.

Montes , vedette controversée

Théophile Gautier fut le témoin providentiel d'un grand triomphe… et du seul grand échec de la carrière de Montes.

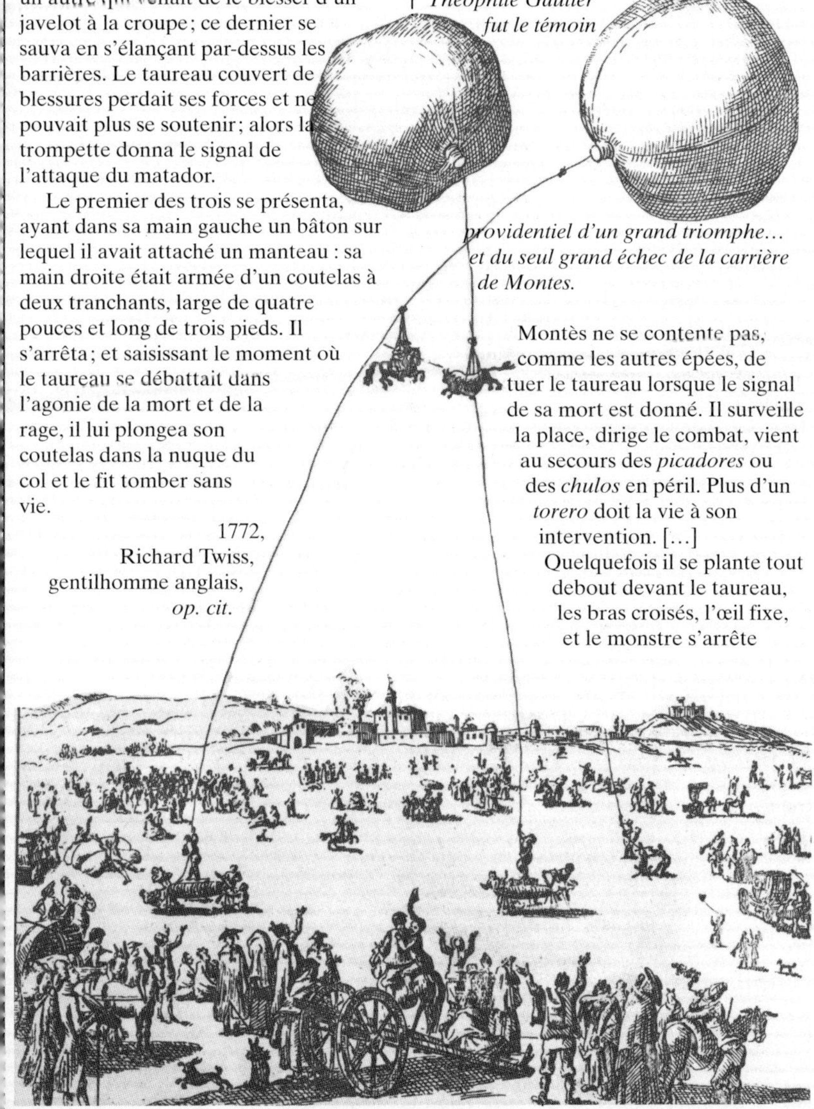

Montès ne se contente pas, comme les autres épées, de tuer le taureau lorsque le signal de sa mort est donné. Il surveille la place, dirige le combat, vient au secours des *picadores* ou des *chulos* en péril. Plus d'un *torero* doit la vie à son intervention. […]

Quelquefois il se plante tout debout devant le taureau, les bras croisés, l'œil fixe, et le monstre s'arrête subitement, subjugué par ce regard clair, aigu et froid comme une lame d'épée. Alors ce sont des cris, des hurlements, des vociférations, des trépignements, des explosions de bravos dont on ne peut se faire une idée : le délire s'empare de toutes les têtes, un vertige général agite sur les bancs les quinze mille spectateurs, ivres d'*aguardiente*, de soleil et de sang : les mouchoirs s'agitent, les drapeaux sautent en l'air, et Montès, seul calme dans cette foule, savoure en silence sa joie profonde et contenue, et salue légèrement comme un homme capable de bien d'autres prouesses. Pour de pareils applaudissements, je conçois qu'on risque sa vie à chaque minute : ils ne sont pas trop payés. O chanteurs au gosier d'or, danseuses au pied de fée, comédiens de tous genres, empereurs et poètes, qui vous imaginez avoir excité l'enthousiasme, vous n'avez pas entendu applaudir Montès!

VOYAGES
FAITS EN DIVERS TEMPS
EN
ESPAGNE,
EN
PORTUGAL,
EN
ALLEMAGNE,
EN FRANCE, ET AILLEURS.
Par MONSIEUR M. ****

A AMSTERDAM,
Chez GEORGE GALLET
M. DC. XCIX.

Quelquefois les spectateurs eux-mêmes le supplient de daigner exécuter un de ces tours d'adresse dont il sort toujours vainqueur. Une jolie fille lui crie en lui jetant un baiser : «Allons, señor Montès, allons, Paquirro (c'est son prénom), vous qui êtes si galant, faites quelque petite chose, *una cosita*, pour une dame.» Et Montès saute par-dessus le taureau en lui appuyant le pied sur la tête, ou bien il lui secoue sa cape devant le mufle, et par un mouvement brusque, s'en enveloppe de façon à former une draperie élégante, aux plis irréprochables; puis il fait un saut de côté et laisse passer la bête lancée trop fort pour se retenir.

[...] Les chances du duel sont par trop inégales, un *matador* moins habile produit quelquefois un effet plus saisissant par les risques et les chances qu'il court. Ceci paraîtra sans doute d'une barbarie bien raffinée : mais les *aficionados*, tous ceux qui ont vu des courses et qui se sont passionnés pour un taureau franc et brave, nous comprendront assurément. Un fait qui se passa le dernier jour des courses prouvera la vérité de notre assertion, et fit voir un peu durement à Montès jusqu'à quel point le public espagnol poussait l'esprit d'impartialité envers les hommes et envers les bêtes.

Un magnifique taureau noir venait d'être lâché dans la place. A la manière brusque dont il était sorti du *toril*, les connaisseurs en avaient conçu la plus haute opinion. Il réunissait toutes les qualités d'un taureau de combat : ses cornes étaient longues, aiguës, fines et nerveuses, promettaient une grande légèreté; son large fanon, ses flancs développés, indiquaient une force immense. Aussi portait-il dans le troupeau le nom de Napoléon, comme le seul nom qui pût qualifier sa supériorité incontestable. Sans la moindre hésitation, il fondit sur le *picador* posté auprès des *tablas*, le renversa avec son cheval qui resta mort sur le coup, puis s'élança sur le second, qui ne fut pas plus heureux, et qu'on eut à peine le temps de faire passer par-dessus les barrières, tout moulu et tout froissé de sa chute. En moins d'un quart d'heure, sept chevaux éventrés gisaient sur la sable : les *chulos* n'agitaient que de bien loin leurs capes de couleur, et ne perdaient pas de vue les palissades, sautant de l'autre côté dès que Napoléon faisait mine d'approcher.

[...] Un *sobresaliente* (doublure) de *picador*, car les deux chefs d'emploi étaient hors de combat, attendait, la lance baissée, l'assaut du terrible Napoléon, qui, sans s'inquiéter de sa piqûre à l'épaule, prit le cheval sous le ventre, d'un premier coup de tête lui fit tomber les jambes de devant sur le rebord des *tablas* et, d'un second lui soulevant la croupe, l'envoya avec son maître de l'autre côté de la barrière, dans le couloir de refuge qui circule tout autour de la place.

Un si bel exploit fit éclater des tonnerres de bravos. Le taureau était maître de la place qu'il parcourait en vainqueur. [...] Les *banderilleros* se tenaient enfourchés sur les *tablas*, n'osant descendre harceler de leurs flèches ornées de papier ce redoutable lutteur, dont la rage n'avait pas besoin, à coup sûr, d'excitations. Les spectateurs, impatientés de cette espèce d'entracte, criaient : *Las banderillas! las banderillas, Fuego al alcalde!* le feu à l'alcade qui ne donne pas l'ordre! Enfin, sur un signe du gouverneur de la place, un *banderillero* se détacha du groupe et planta deux flèches dans le cou de la bête furieuse, et se sauva de toute sa vitesse, mais pas assez promptement encore, car la corne lui effleura le bras et lui fendit la manche. Alors, malgré les vociférations et les huées du peuple, l'alcade donna l'ordre de la mort et fit signe à Montès de prendre sa *muleta* et son épée, en dépit de toutes les règles de la tauromachie qui exigent qu'un taureau ait reçu au moins quatre paires de *banderillas* avant d'être livré à l'estoc du *matador*.

Montès, au lieu de s'avancer comme d'habitude au milieu de l'arène, se posa à une vingtaine de pas de la barrière, pour avoir un refuge en cas de malheur : il était fort pâle, et, sans se livrer à aucune de ces gentillesses, coquetteries du courage qui lui ont valu l'admiration de l'Espagne, il déploya la *muleta* écarlate, et appela le taureau qui ne se fit pas prier pour venir. Montès exécuta trois ou quatre passes avec la *muleta* tenant son épée horizontale à la hauteur des yeux du monstre, qui tout à coup tomba comme foudroyé et expira après un bond convulsif. L'épée lui était entrée dans le front et avait piqué la cervelle, coup défendu par les lois de la tauromachie, le matador devant passer le bras entre les cornes de l'animal et lui donner l'estocade entre la nuque et les épaules, ce qui augmente le danger de l'homme et donne quelque chance à son bestial adversaire.

Quand on eut compris le coup, car ceci s'était passé avec la rapidité de la pensée, un hourra d'indignation s'éleva des *tendidos* aux *palcos* : un ouragan d'injures et de sifflets éclata avec un tumulte et un fracas inouis. «Boucher, assassin, brigand, voleur, galérien, bourreau!» étaient les termes les plus doux. «A Ceuta Montès! au feu Montès! les chiens à Montès! mort à l'alcade!» [...] Les vociférations ne suffirent bientôt plus; l'on commença à jeter sur le pauvre diable des éventails, des chapeaux, des bâtons, des jarres pleines d'eau et des fragments de bancs arrachés. [...] Quand à Montès, il était livide, son visage verdissait de rage, ses dents imprimaient des marques sanglantes sur ses lèvres blanches, quoiqu'il affichât un grand calme et s'appuyât avec une grâce affectée sur la garde de son épée, dont il avait essuyé dans le sable la pointe rougie contre les règles.

La course achevée, il monta en *calesine*, suivi de son quadrille, et partit en jurant ses grands dieux qu'il ne remettrait plus les pieds à Malaga.

Théophile Gautier,
Voyage en Espagne,
Gallimard, 1981

La vie quotidienne du torero

Le monde de la corrida est une planète particulière : du rêve d'un gamin qui, comme Belmonte, risque sa vie, seul, la nuit dans les élevages… aux tractations d'un tirage au sort. Mais la gravité retombe sur tous les masques à l'heure digne et tendue de l'habillage pour le combat.

La vocation, l'entraînement, les débuts

Le futur matador manifeste sa vocation très tôt, à peine sorti de l'enfance. Il est parfois fils de torero (en général obscur) presque jamais fils d'éleveur, ou n'a, c'est assez fréquent, aucun antécédent taurin, ce qui rend malaisé son apprentissage. Les écoles taurines depuis une quinzaine d'années remplacent de plus en plus la filière terrible des courses de village, fort heureusement; bien que les traditionalistes doutent de l'efficacité de cette nouvelle formation, trop académique à leur goût…

Envoyé spécial de la bande, j'allais, les après-midi, aux pâturages de Tablada, pour m'assurer qu'il y avait du bétail isolé que nous pourrions toréer. C'était

une ballade de deux heures à travers champs, pendant laquelle je risquais à chaque instant de tomber sur les gardes, qui se méfiaient de tous les rôdeurs. Ensuite, je revenais rendre compte de mes investigations, et [...] l'expédition s'organisait. Nous nous réunissions autour de la buvette afin de partir à l'heure exacte où se levait la lune, qui nous éclairerait pendant nos pérégrinations. Il fallait emprunter les plus mauvais chemins pour éviter les gendarmes. Nous n'amenions ni cape ni muleta, qui nous auraient trop évidemment compromis en cas d'arrestation. On toréait avec une veste, toujours la même, propriété de Riverito, celui que nous tenions pour notre chef.

Arrivés dans le pré enclos, nous séparions la bête qui nous semblait la meilleure du reste du troupeau. En général, nous choisissions la plus grande. La plupart du temps, nous ne trouvions que du bétail de demi-caste destiné à l'abattoir. Laborieusement, nous réussissions à écarter l'animal désigné de ses congénères, mais encore restait-il à le décider à charger. Après bien des provocations, et quand il avait fait deux ou trois tours de piste pour constater qu'il n'y avait pas d'échappatoire, il se résignait enfin à combattre. Riverito, le leader prestigieux de la bande, officiait en premier. Nous autres attendions patiemment notre tour, sans jamais oser un coup de cape inopportun. Quand Riverito avait fini de toréer, il tendait la cape à son second, et ainsi de suite en respectant strictement le rang qui appartenait à chacun. Cette troupe d'anarchistes avait la religion de sa propre hiérarchie. Le plus habile avait la priorité de la veste. Le plus maladroit était inexorablement relégué au dernier poste. La place de chacun était tacitement reconnue par tous. Il n'y eut jamais, entre nous, d'autre privilège que celui imposé par le mérite personnel. A mes débuts dans la bande, je passais en dernier. Je n'avais droit à la veste que lorsque tout le monde s'était lassé de toréer. Evidemment, je ne pouvais plus rien faire.

Mais, une nuit, un incident vint bouleverser toute la hiérarchie de cette société d'anarchistes. Conformément à la coutume de combattre l'animal le plus grand que nous trouvions, nous séparâmes un colosse qui, au lieu de chercher la fuite comme les autres, répondit avec maestria dès les premiers appels. Nous qui étions habitués à des adversaires moins combatifs, fûmes déconcertés par les attaques répétées de cet imposant taureau. A peine voyait-il s'avancer l'ombre d'un torero qu'il se précipitait dessus comme une flèche. En cinq ou six assauts, il avait semé la panique dans la bande et s'était rendu maître de la petite piste, lançant fièrement des coups de cornes à la lune. Mes compagnons, retranchés derrière les abris de planches, n'osaient plus le provoquer.

«Amène-le là-bas! demandait l'un.

– Appelle-le par ici! conseillait l'autre.

– Eloigne-le de moi!» suppliait un troisième.

Mais, à la vérité, personne n'était capable de faire quoi que ce soit avec l'animal qui triomphait.

Ainsi, c'est lui qui va gagner? pensai-je. Ce serait donc le taureau qui nous ferait la *faena*?

J'attendis quelques secondes, vibrant de peur, d'émotion peut-être. Ce n'était pas mon tour de défier le fauve. Il y eut encore un temps très long, me sembla-t-il, durant lequel aucun de mes camarades ne bougea. Le taureau trônait au milieu d'une cour de petits toreros recroquevillés. Tout près de moi, gisait la veste, abandonnée dans la panique. J'allongeai le bras pour la saisir. Dès que je l'eus en main, je me dressai, et à pas comptés, je m'avançai vers le taureau. Celui-ci me regarda approcher peu à peu, mesura tranquillement la distance tout en fouillant la terre du sabot, et au moment voulu, il se lança sur moi avec la force d'un ouragan. Je soutins la charge de pied ferme, et marquai sa sortie avec le pan de la veste. Il se retourna aussitôt, dans un nuage de poussière. Je le refis passer. J'étais à peine replacé qu'il était à nouveau sur moi. Je sentais sa masse frémissante frôler mon corps. Ainsi, encore et encore, il répéta des assauts que j'esquivais, avant une dernière feinte qui le laissa planté sur le sable à me regarder, perplexe. Je lui tournai dignement le dos et laissai la veste à qui voulait la prendre.

Quelle musique à mes oreilles, cette ovation que je m'accordais à moi-même! A partir de cette nuit-là, je ne fus plus le dernier à toréer. Dès que le chef abandonnait la veste, j'exerçais le droit, désormais indiscutable, de me l'approprier. J'avais gagné ma place à la loyale. [...] Pourtant, je ne fus jamais le premier de la bande. Telle est la pure vérité.

[...] La fascination qu'exerçait sur moi le groupe des copains ne sera comprise que de ceux qui, dans leur adolescence, ont donné libre cours à un mysticisme quelconque : social, politique ou artistique. De ceux qui, par opposition à leur milieu, ont intégré ces noyaux juvéniles dont le prestige révolutionnaire absorbe les aspirations de l'homme nouveau.

Manuel Chaves Nogales,
Juan Belmonte, matador de taureaux,
Editions Verdier, 1990

Le tirage au sort des taureaux le matin de la course

Cérémonie compliquée et verbeuse, imposée depuis un siècle environ, le tirage au sort des taureaux, le «sorteo» des matins de course, à l'heure où le destin roule avec trois boulettes, au fond d'un chapeau…

Lors du «sorteo», il y a eu comme un pastis assez compliqué auquel je ne comprenais rien. Je regardais les toros doux et rêveurs, du haut de ma passerelle et m'efforçais de les scruter – en vain – avec la diabolique acuité du «Vito». Cornes? Allure? Regard? Poids? Combien pesaient-ils? «Autour de trois cents kilos… et même plus!» diagnostique Pepe. (Nul n'ignore que dans le monde des toros, le poids est toujours énoncé «en canal», c'est-à-dire

qu'il correspond au poids qu'accusera la bête une fois dépouillée et vidée.) Au coup d'œil, un aficionado de qualité ne se trompe pas. Aussi bien, lorsque Pepe me dit que les toros pèsent trois cents kilos, faut-il comprendre que leurs poids vif est de cinq cents. Le langage taurin en arrive à être plus elliptique encore : c'est ainsi qu'un toro dit «de 80 kilos», en pèse autour de 480, les 200 premiers kilos étant nécessairement sous-entendus. Pour vous y reconnaître : un toro dit de 250 kilos en pèse 450 environ (en effet, jusqu'à 250 kilos, le poids est annoncé vraiment «en canal») : entre 250 kilos et 300 kilos (toujours «en canal»), les 200 premiers kilos ne sont souvent pas annoncés et on parle d'un toro de 60, 70, 80, ou 90 kilos (soit de 460, 470, 480 ou 490 kilos). Après 300 kilos, on parle d'un toro de 310, 330, etc. (soit 510, 530 kilos, etc.) Compris? Oui? Bien. Non? Alors relisez patiemment ce qui précède. De toute façon, ces subtilités taurino-langagières n'ont qu'un avantage : celui de vous éviter d'être ridicule si, un jour, vous assistez à un *sorteo*, si un quidam ibère, vous demande : «A votre avis, combien pèse la corrida?» et si vous répondez : «Dans les 80, 90 kilos!» «Oh! oh!» pensera *in petto* le quidam, «cet étranger n'est pas si bête qu'il en a l'air!» Surtout si vous ajoutez : «Mais celui-là, là-bas, le *lucero* ne doit pas être loin des 300…»

Ça discutait dur. Des groupes d'hommes venus assister au *sorteo* – apoderados, éleveurs, hommes de confiance, gens de l'empresa – partaient des éclats de voix ponctués de «*No, señor! Eso no es posible!*»

– Qu'est-ce qui se passe, José?

– Les six toros ne sont pas de Bohorquez. Cinq sont de son élevage, mais un vient de l'élevage de sa femme. Comme il est laid, on discute, en faisant

Le tirage au sort, le *sorteo*.

valoir ça, pour le changer et le remplacer par le *sobrero*.

Tout a fini par s'arranger. Le *sobrero*, promu combattant, mourra cet après-midi. Sur trois bouts de papier sont inscrits maintenant le numéros des toros accouplés deux par deux. Si vous voulez tout savoir, voici : une corrida normale comprend six toros devant être estoqués par trois matadors. Certes, l'éleveur s'efforce d'envoyer une corrida homogène mais il en est des toros comme des Chinois : ils paraissent tous jumeaux mais un œil averti discerne entre eux – et vite – des différences sensibles. Au moment du tirage au sort, on procède ainsi : à travers un labyrinthe de conciliabules et de palabres, les apoderados (ou hommes de confiance) des matadors tombent d'accord pour décider que les toros n° 26, 92 et 11 (par exemple) sont les plus «beaux»; que les n° 74, 36 et 19 sont les plus «laids». Ils accoupleront donc le 26 avec le 74 (toujours par exemple), le 92 avec le 19 et le 11 avec le 36. La composition des «lots» doit être équilibrée au maximum, d'où les conciliabules et palabres qui jetteraient dans d'épileptiques crises de nerfs le plus flegmatique des Anglais. Mais, comme il s'agit ici d'une tradition et presque d'un rite, les nerfs espagnols supportent fort bien cette épreuve à laquelle ils sont habitués. Les lots enfin composés sont inscrits sur trois bouts de papier roulés en boulette. Le mayoral prête son chapeau à ailes; on y jette les boulettes; on couvre le tout d'un autre chapeau à ailes. On agite. X ou Y, du gang d'Aparicio, tire une boulette; Z ou V, du gang d'Ostos, tire à son tour; la troisième boulette échoit donc à Mondeño. On déplie fébrilement. Le 11 et le 36 pour Ostos; le 92 et le 19 pour Mondeño : le 26 et le 74 pour Aparicio. Les dés sont jetés. On se penche au-dessus des corales.

– Quels sont les nôtres ?

– Celui-ci et celui-là.

Nouvel examen en profondeur des bovidés qui lèvent vers ces fourmis frénétiques que nous sommes leurs gros yeux bulbeux (des «œils-de-bœuf») noirs et luisants.

– Tu es content, José ?

Tantôt José-Ignacio est content; tantôt, il aurait préféré un autre lot; tantôt il se résigne.

– Qu'est-ce que tu en penses, Julio ? demande José-Ignacio à «Vito».

– Le premier me plaît; le second, non.

«El Vito» fait la moue en examinant le second. A l'air distrait, ce toro. A l'air curieux. Et peureux. Et nerveux. Il lève la tête, remue les oreilles, recule, lève encore la tête. Et les cornes…

– Comment sont mes toros ? interroge le matador toujours au pieu.

– *Muy bonitos !* (Très jolis !) répond

quasi invariablement José-Ignacio.

– Hauts ?

– *Asi de bajo ! Bajitos !* (De cette taille ! Touts petits !) répond quasi invariablement José-Ignacio en indiquant du plat de la main la taille d'un mouton.

– Et les cornes ?

– *Asi !* mime quasi invariablement José-Ignacio qui recroqueville et rapproche ces deux index.

– Ils te plaisent, José ?

– Comment ils ne me plairaient pas ?

Ça c'est un mystère ! Le matador est-il dupe ou veut-il l'être ? Croit-il vraiment que ses toros ressemblent à des moutons vaguement cornus ou veut-il le croire ? Ou bien, d'après la mine de José et la force de conviction avec laquelle il déclare «*Muy bonitos ! Bajitos !*» etc., sépare-t-il le bon grain de la vérité de l'ivraie du pieux mensonge ? Quoi qu'il en soit, il ne dit rien. Il ne pose plus de questions. Il est vrai que, parfois, José-Ignacio laisse poindre un bout d'oreille.

– Bon, le premier est joli, attention, c'est un toro ! mais il est joli. Le second me plaît moins. Les cornes plus comme ça…

A présent, entendons-nous : les qualificatifs «jolis» et «laids» n'ont pas le même sens dans le monde des toros – plus exactement dans le monde des toreros – et dans celui des spectateurs. Pour le torero, un *toro bonito* (joli) est petit, pétri de douceur visible et affublé de cornes courtes, basses et soit dirigées vers le bas soit recourbées vers l'intérieur : un *toro feo* (laid) sera haut de garrot, lourd de poids et doté de cornes longues et dressées. Son comportement dans les corales laissera supposer qu'il regorge de violence et de feu. Si vous avez assisté à un tirage au sort et si l'un des six toros vous plaît particulièrement par son allure noble et par l'extraordinaire respect que vous inspirent les cornes fines, brillantes et fièrement dressées, déclarez froidement à votre banderillero de voisin : «Celui-là est très laid !» Et le torero pensera que, décidément, vous êtes un rude connaisseur. Au contraire, celui des six qui vous paraîtra le plus petit et le moins cornu, qualifiez-le de «très joli» et vous aurez gagné l'estime du professionnel.

On assiste là, voyez-vous, à une perversion du langage.

L'habillage du torero

Un autre rite immuable, la lente et minutieuse parure de l'officiant qui commence en général deux heures avant le combat. L'heure de la peur nue qui se cuirasse…

Aujourd'hui sont annoncés six toros de Buendia (Séville) pour Luis-Miguel

Dominguin, Jaime Ostos et Paco Camino. Dans les deux heures qui précèdent la course, les matadors débarquent à l'hôtel. Chemise sur le pantalon, l'air riche touriste, Luis-Miguel descend de sa Porsche rouge. Paco Camino rapplique de la Linea après seize heures de route. Ostos, une main bandée – qu'est-ce que c'est ? Rien… Un coup que le toro… Rien – n'a pas dormi, pas mangé. Et le corps moulu par sept cents kilomètres de routes *espagnoles*. La cuadrilla est là ? Oui, elle vient d'arriver. El Vito a vu les toros ? Non, puisque la cuadrilla vient juste d'arriver. Un café, un bain et une demi-heure de lit avant de s'habiller.

Chamorro, le valet d'épée, à gestes précis s'affaire déjà dans la chambre. L'ami Chamorro est sans âge. Les cheveux gris plaqués et plantés bas, un œil crevé, il ressemble à une tortue ou, au choix, à un vieux caméléon. L'alcool et le tabac lui ont donné une voix rauque et terrible de tueur porto-ricain pour film de gangsters américain série B. Il y a des lustres et des lustres que Chamorro remplit l'office de valet d'épée. Il y a des éternités qu'il plie des capes, prépare des muletas, glisse des épées dans le fourreau de cuir, dispose sur le lit des chemises à jabot, extrait les costumes d'ors et de perles des valises-coffres et habille des matadors. Il n'est pas blasé. Il a «l'afición». Les toros, Chamorro ne connaît que ça dans la vie. Il n'aime que ça.

– *Olà, Chamorro ! Como está ?*

– *Superior !* (Prononcer «*Supério*», à l'andalouse.)

Dans le monde des toros, on est parfois *cansado* (fatigué) mais généralement on est *superior* ou *enorme*. Ce qu'il ne faut pas traduire par supérieur et énorme mais par «très bien» et «formidable». Un toro qualifié «d'énorme» sera donc un toro «formidable».

– Demande la tasse d'huile, toi qui parles français, me prie le Chamorro.

– *Enorme*, dit-il quand l'apporte une femme de chambre.

De ce temps, en silence, pendant que le matador s'ébroue dans son bain, il dispose sur une table le tryptique de carton sur lequel sont collées une bonne quarantaine d'images pieuses : Vierge de la Macarena, Cristo del Gran Poder, etc. D'autres images, des médailles, des petites croix, extraites d'une vieille boîte en fer – qui fut autrefois boîte de cigarettes «Craven A» – sont également

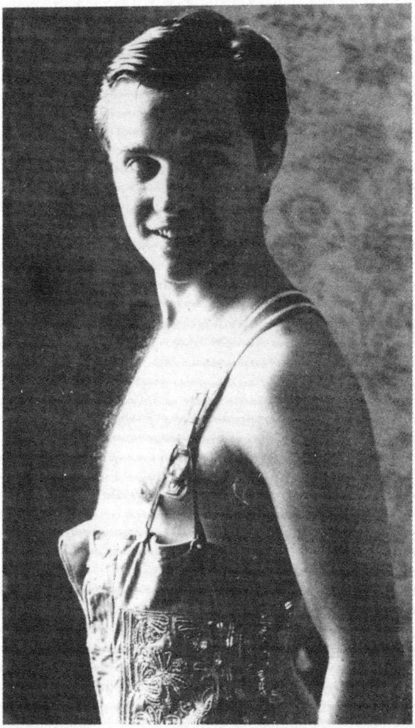

Le torero Patrick Varin lors de l'habillage.

disposées sur la table, Chamorro les aligne mécaniquement comme une vieille dame les cartes d'une réussite. Au centre, la tasse d'huile sur laquelle flotte la veilleuse allumée au moment de quitter la chambre et qui brûlera tout le temps de la course jusqu'au retour du matador. Chamorro pisse dans le bidet avec innocence. Il croit que c'est fait pour ça, cet outil. Le matador s'habille. Regardez son corps avant que les femmes n'entrent pour saluer. Ici, un trou dans la cuisse ; là une cicatrice sous la fesse droite ; ici d'autres cicatrices sur les jambes ; là une autre cicatrice qui de la ligne du cou file jusqu'à l'oreille. «En plein ici, dans le cou, quarante-huit heures de transfusion de sang. J'étais mort. J'avais reçu l'extrême-onction.»

Un slip. Puis des jambières de fin caoutchouc-lastex qui montent jusqu'à mi-cuisse afin que la jambe soit bien «prise» ; puis une paire de bas blancs, une autre paire de fins bas rouges et enfin les jolis bas roses, rose XVIIIe siècle. Voici les jambes fermes et tenues. Ensuite une paire de caleçons blancs aux plis frais ; enfin la culotte…

– Quel costume aujourd'hui ?

– Le noir et or.

La culotte dans laquelle le matador se glisse avec mille peines tant elle est étroite et colle aux hanches, aux fesses, aux cuisses et aux mollets. Le Chamorro, le haut de la culotte empoigné à deux mains, pousse – Aha ! Aha ! – vers le haut en même temps que le matador se déhanche sur place pour se fourrer dans son étui de toile et d'or. Ça va. Le Chamorro souffle, tout rouge et regarde ses jointures que l'effort a blanchies. Le matador creuse les reins, arque les cuisses pour vérifier la souplesse du fourreau qui lui colle au corps. *Bueno !* Est-ce que la *coleta* [le chignon postiche qu'arborent les toreros] a bougé ? Non. Entrent des amis, des connaissances, des aficionados, des journalistes. Refilón qui a soixante-quinze ans, un superbe râtelier et cinquante-cinq ans de corridas derrière lui ; et Don Pepe ; et Paco Madrid. Et Claude Popelin, écrivain, critique taurin et fameux aficionado français qui ressemble à un gentleman anglais.

– Tu as vu les toros, Claudio ? Comment sont les miens ?

Popelin décrit les toros. Taille, cou, poids. Tout y passe.

– Les cornes ?

– Le premier comme ça, le deuxième un peu plus comme ça.

Le geste est difficilement descriptible. Il consiste à donner une idée de l'encorbellement des cornes du toro par une savante disposition des avant-bras et par une habile gymnastique des index de chaque main, ceux-ci figurant la pointe des cornes. Le matador écoute, distrait dirait-on, pas trop nerveux. Il passe la chemise à jabot que lui tend, dépliée, Chamorro ; noue la mince cravate dont la pointe, par deux lacets, est fixée à la chemise. Quelques autographes distribués à la ronde à des jeunes personnes aux yeux écarquillés et il s'enroule maintenant dans une ceinture de soie rouge (ou verte, ou bleue, ou rose, etc.) dont Chamorro tient une extrémité. Noblement, le matador tourne sur place pendant que le valet d'épée surveille comment se plaque la ceinture – sans faire de plis – autour des reins.

Jean Cau,
Les Oreilles et la queue,
Editions Gallimard, 1961

La tauromachie française

Deux formes de tauromachie sont nées en France au début du XIXe siècle : la course landaise et la course libre; l'une et l'autre issues d'une tradition taurine populaire qui se perd dans la nuit des temps. Profondément rurales, ces deux tauromachies, devenues spectacles voici deux siècles, ne couvrent que trois ou quatre départements du Sud-Ouest et du Sud-Est. Mais elles sont uniques au monde.

La course landaise traditionnelle

En Aquitaine, l'écarteur et le sauteur attendent de pied ferme l'assaut de la vache, aujourd'hui d'origine espagnole. En Provence et Languedoc, le razeteur enlève à toutes jambes des attributs sur les cornes des taureaux, toujours camarguais, qu'enfante depuis des millénaires le delta du Rhône. Ce sont les racines françaises de la tauromachie universelle.

Avec un avant-goût de vacances, nous abordions ainsi la saison taurine. Elle se terminait à Nogaro de l'autre côté de l'été, en même temps que les premières palombes, la reprise du rugby et les brouillards de l'automne.

J'étais écarteur parce que j'étais léger et mon frère vacher parce que plus lourd. Mais je ne fus jamais chef de cuadrilla. Les chefs de cuadrilla étaient les plus forts au basket ou les plus habiles à la fronde, indiscutés parce que déjà auréolés d'un prestige que seuls les enfants savent discerner. Ils formaient les équipes, désignaient les vachers, s'arrogeaient les premiers écarts et ordonnaient le jeu le plus sérieux que nous ayons pratiqué dans la cour de l'école. Il est juste de préciser qu'ils prenaient également les taloches du maître, quand notre course se terminait en pugilat, à la suite d'une sombre question d'honneur. Généralement, c'était l'heure de la sortie. En colonnes, un instant immobiles, nous attendions le signal qui rompait les rangs et nous recommencions jusqu'au soir. C'était une décennie toute neuve.

La course landaise était rurale. Elle l'est restée, même si les écoles de notre enfance ont fermé leur porte et s'il n'y a plus dans la cour de ces cuadrillas d'enfants qui jouaient gravement. Profondément et passionnément rurale, sentant la forêt de l'aube, la litière des bêtes et cette odeur sauvage que traîne avec lui le camion d'embarquement.

Elle est rurale car l'écarteur est un homme de la terre. C'est essentiel. Il vit pratiquement six mois sur douze avec des bêtes braves, c'est-à-dire méchantes, qui ont l'instinct de mort accroché au cœur. Pour fouler le sable d'une arène, il faut connaître les animaux sans les attendrissements des citadins, mais à la manière rude de la campagne où un chien sert à ramener les troupeaux et ne monte jamais sur un lit. Une vache n'est pas une vachette d'intervilles. Certaines ont tué malgré leurs cornes tamponnées. Pourtant, on saute la barrière à l'occasion d'une fête de village, car il est impossible d'échapper à la course, landaise par dénomination – mais gersoise aussi, béarnaise et presque lot-et-garonnaise. On ne peut l'ignorer quand on naît sur ce croissant qui pointe sa corne dans le pays d'Albret, épouse la lisière de la forêt et s'en va presque horizontal, suivant la Douze et l'Adour plus loin que Dax. Un jour, mort de peur, on se retrouve seul dans une arène, face à une vache, poussé par une habitude dont on ne connaît pas l'histoire.

[...] La théorie la plus ressassée veut que les Arabes nous l'aient apporté. On parle aussi des Ibères (ce peuple ressorti au moindre mystère, ce qui est commode mais n'explique rien). Ou des Phéniciens, des Crétois, des Grecs, des Egyptiens, des Romains, des Celtes. De tout le monde en somme, sauf de nous.

En fait, il en fut certainement de la course landaise comme de la langue gasconne. Un très vieux legs, vieux comme ces terres qu'avait quittées un peuple de nomades à la recherche d'espaces, voilà quatre mille ans. De grands mouvements, partis d'Asie Mineure, vinrent mourir ici, face à l'océan, passant ensuite les Pyrénées dans une migration imperceptible pour un historien du XIXe siècle.

Cela prit des siècles. Ils affluèrent avec leurs chevaux, leurs bœufs, leurs dialectes. Rencontrant d'autres peuples, d'autres fleuves, se heurtant parfois à des murs de rocs et de civilisations, se ramifiant suivant des exodes pas toujours guerriers. S'arrêtant. Se posant enfin. Laissant surtout, autour du bassin méditerranéen et sur cette frange de l'Atlantique, une même passion taurine et des racines linguistiques qui intriguent.

Le taureau asiatique devint camarguais, landais ou navarrais. Difficile à domestiquer, il était partout où il était libre et l'homme l'affrontait.

[...] Aujourd'hui, la course landaise n'a plus rien à inventer. Ses règles sont depuis longtemps fixées et il est impensable de revenir aux temps de son intense simplicité quand Marin Ier défiait au Houga une tueuse d'homme qui renâclait avant de foncer.

Elle a connu plusieurs âges d'or, a sombré plusieurs fois et s'en est relevée. Elle a adapté ses structures au goût de l'Histoire et a délégué dans l'arène des rénovateurs qui s'ignoraient.

Le plus drôle fut que, chaque fois qu'elle menaça de disparaître, des bourgeois se levèrent, se firent législateurs ou la régentèrent le temps qu'elle retrouvât sa force. Il y eut Dartos Moï pour enseigner les écarts à Chicoy, Camps et Geoffroy pour acheter les premières vaches espagnoles. Un redoutable saint Séverin du début du siècle, le docteur Moringlanne, dit Clic-Clac, pour partir en guerre contre le débraillé des écarteurs. Il fonda la

Course landaise au début du siècle.

Mutuelle, caisse de secours aux blessés de la course, en même temps qu'il créait le premier journal taurin. Et, alors qu'on la croyait moribonde au sortir de la dernière guerre, il se trouva un fils de famille, policé et politique, pour lui redonner vigueur. Jacques Millès-Lacroix était un jeune Dacquois au nom de ministre, aussi éloigné des choses de l'arène que pouvait l'être Elisabeth d'Angleterre. On le persuada que, sans lui, on ne saurait réunir les positions les plus tranchées et faire admettre l'existence d'une fédération sportive. Il se laissa persuader et réussit magistralement, présidant aux destinées de la course landaise pendant plus de vingt ans, imposant, dans les années cinquante, un nouveau statut indispensable à la bonne santé du vieux jeu des Landes.

La course landaise est allée d'un siècle au nôtre, et c'est déjà une bien belle histoire inséparable de celle d'un peuple.

Disparaîtra-t-elle un jour ? Alors, ses va-nu-pieds et ses notables n'existeront plus. Ses Chicoy et ses Moï. Ses Ramunchito et ses Millès-Lacroix. Indissociablement liés, le député et le fils de métayer, l'agriculteur et le docteur sont avant tout enfants de la même terre, celle qui ressort sous le sable des arènes, une fois le sol martelé par le sabot des vaches.

Yves Harté,
La Course landaise,
Editions Hots, 1984

Pour les beaux yeux d'une impératrice, la corrida devint française

Sur un terrain favorable, préparé par des siècles de tauromachie locale, la corrida espagnole «moderne» s'implante en France au milieu du siècle dernier. C'est à Bayonne, où plusieurs incursions de la tauromachie d'outre-Pyrénées s'étaient produites dès la fin du

XVIIe siècle, mais sans lendemain, que l'aventure commence, le 21 août 1853, à trois heures de l'après-midi.

On s'accorde généralement à penser que l'impératrice Eugénie ne fut pas étrangère à l'acclimatement dans le midi des courses «à la mode d'Espagne». Elle les aimait et n'en faisait point mystère. On peut soutenir aussi que les corridas se seraient avec moins de facilité introduites en France si l'impératrice, que la beauté du site avait séduite, n'avait choisi Biarritz pour en faire une résidence d'été de la cour. Remarquons, cependant, que Bayonne n'avait pas attendu une possible protection officielle pour importer à nouveau le spectacle auquel la ville avait fait appel dans le passé avec l'ambition de donner plus d'éclat à ses réjouissances. La future impératrice n'était encore que la belle Eugénie de Guzman, comtesse de Téba, quand la commune de Saint-Esprit conçut l'idée, pour ses fêtes d'août 1852, de remplacer les courses landaises des années antérieures par un spectacle différent. Les écarteurs landais n'en étaient pas exclus, mais on décida qu'ils alterneraient avec la cuadrilla espagnole qu'on avait fait venir à moindre frais du Guipuzcoa voisin, chaque course devant se terminer par la mise à mort d'un taureau. Pendant trois jours, les 22, 23 et 24 août, un certain José Liuarte *Zapaterillo* et son suppléant, Manuel Egaña, tous deux originaires de Deva, furent les protagonistes d'un spectacle taurin d'un genre particulier qui sous l'appellation de course «hispano-landaise» allait connaître dans le Midi, pendant un demi-siècle, un certain succès. Ce ne fut d'ailleurs pas le cas de ces trois premières courses dont le résultat, à raison surtout de la médiocrité du bétail importé de Navarre, déçut profondément les Bayonnais et les spectateurs étrangers.

Cet essai malheureux, loin de décourager les organisations, eut pour effet de piquer leur amour-propre. Mortifiés, ils eurent à cœur de se réhabiliter de cet échec. Une commission fut nommée, composée d'hommes d'action qui se mirent résolument à l'œuvre. De nouvelles courses furent annoncées pour les 12, 13 et 14 septembre, avec dix-huit taureaux provenant, cette fois, d'élevages réputés, ceux de Miguel Poyales, de José Bermejo et de Severo Murillo. Manuel Egaña faisait encore partie de la cuadrilla dont le chef était Manuel Perez, dit *El Relojero*, un matador de second rang très populaire dans sa province, l'Aragon, et qui avait déjà fait ses preuves à Madrid.

Les trois jours, les arènes capables d'accueillir cinq à six mille spectateurs se remplirent et les taureaux montrant les qualités de bravoure et d'énergie qu'en attendaient les amateurs, le public se retira satisfait. Manuel Egaña, appelé par la suite à honorer de nouveaux contrats à Bayonne même et dans les Landes, se distingua à la cape, aux banderilles et dans le saut à la perche, tandis que *El Relojero* laissait une impression inoubliable. Le troisième jour, il tua cinq taureaux sur six au premier coup d'épée. On parla longtemps de cet exploit à Saint-Esprit.

Malgré le succès qu'elles obtinrent, ces courses n'en étaient pas moins incomplètes : il y manquait les picadors. Enfin, quelque renom qu'en ait retiré Manuel Perez auprès du public, la commission ne pouvait ignorer que l'Espagne possédait des matadors de plus haut rang. Animé par l'ambition de mieux faire l'année suivante, Saint-Esprit traita avec un imprésario navarrais,

Aguado de Lozar, en lui accordant le privilège d'organiser les corridas moyennant une redevance annuelle de deux mille francs.

Fut-ce l'introduction des picadors qui provoqua l'hostilité de l'administration? Cette dernière pensa-t-elle que la participation des chevaux et les risques évidents de blessures auxquels ils étaient exposés faisaient tomber les nouvelles corridas projetées sous le coup de la récente loi Grammont? Toujours est-il que l'accord à peine signé, le ministre interdit les courses. Le conseil municipal ému par cette décision se réunit vers la mi-avril et prit le parti d'envoyer, contre l'avis du préfet, deux délégués à Paris pour solliciter le retrait de cette mesure.

La mission fut couronnée de succès. L'intervention personnelle de la jeune impératrice pesa-t-elle d'un grand poids dans la décision prise? Rien ne permet de l'affirmer.

[...] Quoi qu'il en soit, les délégués bayonnais revenaient quelques jours plus tard, non seulement avec la levée de l'interdiction, mais en outre avec l'autorisation d'organiser des corridas pendant une période de dix années.

[...] Les corridas annoncées six semaines à l'avance à grand renfort de publicité, eurent lieu les 21, 22 et 24 août. Elles attirèrent une grande affluence d'étrangers accourus de toutes les stations thermales de la région et de Paris. L'événement avait retenu l'attention de la presse parisienne; de nombreuses personnalités, Théophile Gautier, Paul de Saint-Victor, Amédée Achard, entre autres, avaient loué leurs places. *L'Illustration* publie un compte rendu minutieux, taureau par taureau, dont l'aridité est corrigée par le récit coloré que donne Gautier dans *la Presse*. C'est, peut-être, le journal local *le Courrier de Bayonne* qui nous renseigne le plus exactement sur le résultat d'ensemble de ces trois corridas dont le programme offrait ce qui pouvait être présenté de mieux à l'époque : le célèbre Francisco Arjona *Cuchares*, première épée, assisté de deux suppléants dont l'un, Antonio Sanchez *El Tato*, est à l'aurore d'une brillante carrière. Le personnel subalterne n'est pas de moindre renom : cette cuadrilla est la première d'Espagne. Quant aux taureaux, ils ont comme l'année précédente, été importés des provinces du Nord; quatre appartiennent à Clémente Zapata, de Logroño; six portent les couleurs de l'éleveur navarrais José Bermejo; neuf autres sont de Miguel Poyales, également navarrais. [...] La première course laisse à désirer parce que les taureaux, plus jeunes, sont châtiés par les picadors sans modération et qu'ils achèvent réservés; par ailleurs, un taureau de Manuel Osuna, unique de cet élevage andalou, refuse d'attaquer et on le livre aux chiens. La seconde corrida donne un meilleur résultat grâce à l'allant des bêtes, à l'audace et à l'agilité des hommes; la troisième est, de l'avis général, la plus brillante. «On avait gardé – nous dit Théophile Gautier – les

A Bayonne, avant la corrida.

Les arènes de Bayonne.

meilleurs taureaux pour la fin : moins jeunes, et par conséquent plus vigoureux, ils donnaient avec impétuosité.»

Les trois jours, *Cuchares* fait applaudir son intelligence du combat, sa science dans le maniement de la muleta, la sûreté de ses estocades; il tue huit taureaux, dont trois de pied ferme. A la dernière corrida, le mercredi, il tire de péril le picador *Charpa*, renversé sous son cheval après lequel le taureau s'acharne. Et l'on assiste à une action peu banale : le picador se relève, prend une cape et, malgré ses jambes alourdies par les garnitures de cuir et de fer, il exécute plusieurs passes très applaudies.

[…] Le succès de ces premières corridas intégrales, l'affluence d'étrangers qu'elles avaient attirés à Saint-Esprit – commune du département des Landes à l'époque, indépendante de Bayonne – les perspectives d'avenir résolument optimistes de la presse, tout cela incita un groupe de citoyens bayonnais à ne pas laisser échapper une semblable source de revenus. Il demanda et obtint, l'année suivante, «l'autorisation de donner ce spectacle sur le terrain même de la ville de Bayonne» et présenta le plan d'une arène qui fut agréé par la municipalité.

[…] Les corridas sont fixées aux 6, 7 et 8 août. Elles ne connaîtront pas le succès économique des précédentes, et on ne reparlera plus du projet de construction d'une arène sur le terrain de la ville de Bayonne […].

Dans la loge qui lui est réservée la famille impériale a assisté à la première et à la troisième corrida. […] Elle reviendra aux arènes de Saint-Esprit pour la dernière représentation et dans *le Messager de Bayonne*, le baron Rignon décrit l'arrivée de l'empereur et de l'impératrice, accompagnés du duc et de la duchesse d'Albe, dans une voiture découverte tirée à quatre chevaux.

Auguste Lafront,
Histoire de la corrida en France,
Editions Julliard, 1977

Les écrivains et la tauromachie

Spectacle total, mettant en jeu les données essentielles de la vie, de la mort et de la beauté, le combat de l'homme et du taureau n'a n'a jamais cessé d'inspirer peintres et écrivains. Le début de ce siècle est particulièrement prolifique. De la description naturaliste, distante et critique, pratiquée par un Hemingway mal dans la peau de son espagnolisme, dont il est secrètement fier, on passe à l'admiration spontanée et sans réserve des écrivains de ce siècle amoureux de la corrida.

Touchants adieux

Alors que Gallo avait plus de quarante ans, quelqu'un lui demanda ce qu'il faisait comme exercices d'entraînement, et il déclara qu'il fumait des havanes.

– Qu'ai-je besoin d'exercice, *hombre*? Qu'ai-je à faire de force! Le taureau prend bien assez d'exercice, le taureau a bien assez de force! J'ai maintenant quarante ans, mais chaque année les

Ernest Hemingway, avec le matador P. Schull (au centre) et C. Popelin (à droite).

taureaux ont toujours quatre ans et demi, allant sur les cinq ans.

C'était un grand torero, et le premier qui ait admis qu'il avait peur. Jusqu'au temps de Gallo, on considérait comme de la dernière honte d'admettre qu'on eût été effrayé, mais lorsque Gallo avait peur il laissait tomber muleta et épée et sautait la tête la première par-dessus la barrière. Il est convenu qu'un matador ne court jamais, mais Gallo était capable de courir si le taureau le regardait d'un air particulièrement entendu. C'est lui qui a inventé de refuser de tuer le taureau si le taureau le regardait d'une certaine façon, et lorsqu'on le mettait sous les verrous pour cela, il disait que ça valait mieux. «Nous autres artistes, nous avons tous nos mauvais jours. Ils me pardonneront la prochaine fois que je serai dans un bon jour.»

Il donna plus de représentations d'adieu que la Patti, et maintenant qu'il va sur la cinquantaine, il en donne encore. Ses premiers adieux officiels et définitifs, il les fit à Séville. Il était grandement ému, et quand le moment vint de dédier le dernier taureau qu'il devait tuer dans sa vie de torero, il décida de le dédier à son vieil ami le señor Fulano. Il enleva son chapeau, et, avec sa tête brune et chauve qui brillait, il dit : «A toi, Fulano, ami de mon enfance, protecteur de mes débuts, prince des aficionados, je dédie ce dernier taureau de ma vie de torero.» Mais comme il achevait ces mots, il vit le visage d'un autre vieil ami, un compositeur et, se dirigeant le long de la barrière jusqu'à être en face de lui, il leva vers lui des yeux humides et dit : «A toi, ô excellent ami, toi qui es une des gloires du ciel de la musique espagnole, je te dédie ce dernier taureau que je tuerai de ma vie de torero.» Mais comme il s'en allait il vit Algabeno, un des meilleurs tueurs qui fussent jamais venus d'Andalousie, assis non loin le long de la barrera, et, s'arrêtant pour lui faire face, il dit : «A toi, vieux camarade, dont le cœur suivait toujours l'épée, à toi, le meilleur tueur de taureaux que j'aie jamais connu, je te dédie ceci, l'ultime taureau de ma vie de torero, et regarde si mon travail ne sera pas digne de toi.» Il se retourna d'un air théâtral et marcha vers le taureau, qui était resté tranquillement debout à le regarder, il regarda attentivement le taureau, puis se tourna vers son frère Joselito : «Tue-le pour moi, José. Prends-le à ma place. Je n'aime pas sa manière de me regarder.»

Ernest Hemingway,
Mort dans l'après-midi,
Editions Gallimard, 1938

La Dame Blanche et ses ambassadeurs

Sans les noces parfaites de Linares, Manolete vieillirait devant un public que l'attente du sacrement refroidirait et rendrait injuste. Car c'est bien de noces funèbres qu'il s'agit, et la mort de Manolete n'est-elle pas l'exemple d'une de ces noces de campagne «sans la moindre cérémonie» où les grandes dames se plaisent à entraîner les virtuoses, l'artiste génial dont elles sont éprises ?

Ce sont des habits de noce que le torero devra revêtir lorsqu'on lui annonce que le moment approche. Dès cette minute, on allumera les cierges devant la Madone, l'assistance se taira, éprouvera une gêne insurmontable et le torero se trouvera en proie à une peur sacrée, celle d'un fiancé royal qui voyage vers une épouse puissante qu'il devine sans la connaître et que l'étiquette lui impose.

Cette peur de se trouver face à face avec l'ambassadeur de la Dame Blanche, l'espoir mêlé de regret que cette dame se refuse, l'attrait qu'elle exerce et la crainte de lui plaire, accompagnent le torero jusqu'à l'heure qu'on ne saurait retarder d'une seconde tellement la moindre attente ferait déborder cette angoisse qu'il dissimule et qui l'emplit jusqu'au bord.

[…]Un silence mortel devrait précéder ce sacrifice où l'hypnose résulte d'un effort extraordinaire, j'y insiste, de l'homme à penser en bête et de la bête à penser en homme, effort qui rend le couple sourd et aveugle à ce qui n'est pas lui. Le danger n'étant pas le meurtre d'un des dialoguistes, mais que ce meurtre coupe le fil qui les attache l'un à l'autre et désorganise ce que la mort attend d'eux, soit que le torero tue l'ambassadeur, soit que l'ambassadeur tue le torero, soit qu'ils périssent ensemble comme il advint à Linares, soit que l'ambassadeur se prouve inefficace et qu'un manso inoffensif le cherche et l'emmène pour être exécuté en coulisse, soit que le taureau profite de la halte où le torero troque son épée postiche contre une épée véritable et lâche imprudemment le fil de l'hypnose.

D'ailleurs, qu'ils épousent ou n'épousent pas, à nul de ses ambassadeurs extraordinaires la Dame Blanche ne fait grâce. Le secret confié leur coûte la vie et l'attelage de la Dame, attelage de mules couvertes de résilles et de panaches, les emporte lorsqu'elle s'est assurée de leur silence. Je songe à cette oreille qu'on offre au matador, oreille sanglante et pleine de rumeurs de la foule comme un coquillage des rumeurs de la mer, à cette conque de poils qu'on apporte à Manolete, qu'il embrasse, et qui reçoit son dernier soupir.

Jean Cocteau,
La Corrida du Premier Mai,
Editions Grasset, 1957

Dessin de Jean Cocteau.

Ombre et Soleil

Il suffit d'écrire ainsi ces deux noms, soleil en noir et ombre en jaune, pour changer l'esthétique de la tauromachie. C'est ce qui devra se produire quand on jouera avec le soleil et l'ombre. Quand on pourra en faire métaphore ou concept.

Cela ne dépend pas d'un nuage, d'un miroir ou d'un mur. Mais du torero.

C'est du torero que jaillissent le soleil et l'ombre.

Lagartijo réussit des corridas où il n'y eut que du soleil. Première expérience glorieuse d'une esthétique sculpturale, mortelle et sensuelle comme le toro avant les banderilles. L'ombre chez Lagartijo ne fut que pure simulation. Il aimait la nudité et la ligne concrète ; il aimait la circonférence du soleil, et il supprima l'angle infini de l'ombre ; angle qui se projette craintif, et où résonnent de larges rivières sous les ramures silencieuses. Lagartijo déployait et durcissait le soleil des toros. Pour les autres toreros, il y avait toujours du soleil et de l'ombre. Son mérite à lui consistait à faire des passes à ces deux éléments ennemis, dans la célébration solennelle de la corrida. Bombita, par exemple, apprit à sauter de l'un à l'autre sans prendre froid. El Gallo sait comment fermer les yeux pour ménager sa vue dans le rapide passage. Mais, en revanche, le viril Machaquito, quels coups terribles il se donnait contre le mur épais de l'ombre ! Les toreros meurent dans l'arène à cause de ces deux moitiés antagonistes. Avant de dompter le toro, ils doivent organiser leurs attitudes dans ce jour-et-nuit enlacés dans l'anneau et inséparables. Il y a un jeu périlleux de distance dans le jaune et dans le noir, l'air s'emplit de lentilles concaves et convexes, et le toro s'agrandit et se rapetisse, agile, éblouissant, incertain, comme une torche sur une tour.

Le torero qui ne sait pas franchir la ligne qui divise l'arène peut tomber dans les escaliers ou perdre à jamais ses chaussons en passant brusquement d'une arène dure comme les louis de Charles III à une autre arène douce et malaisée comme le sable nocturne du désert. J'ai toujours eu peur en voyant se profiler les toreros dans l'ombre. L'ombre est fermée comme un angle et ne favorise pas une fuite précise, mais elle entrave, inerte et pesante comme une baleine morte sur la mer.

En revanche, le soleil est ouvert des quatre côtés. Son souffle plein de *olé* et de serpents enflammés donne au lutteur conscience de son rythme et foi en son épée.

Il fallait qu'arrivât Belmonte vêtu de vert, extatique, plein de l'émotion courbe d'un arc tendu, pour supprimer théoriquement la violente lumière du soleil et l'ombre. Les brandebourgs des boléros brillaient trop. Le toro en sueur courait, revêtu de fugaces vignes d'argent. Les capes laissaient leurs images multipliées dans le frisson de la poussière. On aspirait à la lumière zénithale des ateliers.

Belmonte, dessinateur illuminé, dompteur de rythmes sans tête, arrive à toréer sous la lumière de la lune. Lorsqu'il paraît dans l'arène, la corrida prend une parfaite couleur olivâtre, une couleur mate qui éteint la systole et la diastole des éventails. L'arène demeure obscurcie et splendidement dessinée. Quelques spectateurs ont des costumes de papier de verre et les ovations qui montent quand le fils de Triana tourne sur son bas-relief, le menton planté contre le sein gauche, ont la furieuse mélancolie des grands jets d'eau. Notre cœur éprouve la lumière d'une lune froide. Une lune froide sur des oiseaux moribonds. Et Belmonte reste isolé. Sans soleil, sans ombre, s'imprégnant de toro comme le nageur de mer ou l'enfant de dimanche, sublime et tranquille, entouré de cet air émouvant des crucifixions. Si à ce moment nous regardons vers les loges, nous verrons les élégantes suspendues en l'air, les yeux ouverts, leurs visages phosphorescents comme illuminés par des manchons de gaz.

Federico Garcia Lorca,
Hommages et conférences,
in *Œuvres complètes*,
Editions Gallimard, 1981

Intelligence et sensibilité

Le spectacle d'une course de taureaux ne vaut pas seulement par l'impression sensible que nous en recevons, si forte soit-elle. Plus cette impression sera uniquement sensible, moins elle sera intelligible, et plus il nous sera difficile, pour ne pas dire impossible, de lui attribuer une valeur morale ou esthétique. Pour savoir ce que vaut moralement ou esthétiquement le toreo, il faut avant tout le comprendre. Et comment le pourrions-nous s'il répugne à notre sensibilité, si celle-ci s'oppose obscurément à lui ? Ceux qui, sous prétexte d'une exquise sensibilité, se refusent à comprendre cet art pourront se vanter de tout ce qu'ils voudront, de tout absolument, sauf d'intelligence. Ils pourront se targuer d'un sensibilité instinctive, primitive, rudimentaire, toute de réflexes comme celle de l'animal, sans que ces réflexes psychopathiques révèlent pour autant une sensibilité délicate. Plus d'un picador, insensible et brutal, s'est évanoui devant une goutte de sang. Une sensibilité vraiment délicate est une sensibilité ferme, sûre, exercée, comme celle du chirurgien, c'est-à-dire l'abstraction, la conceptualisation immédiate par la pensée d'une expérience sensorielle : vérification dangereuse de relations évidentes qui se déroulent dans le temps et l'espace sensibles, avec l'exactitude précise et abstraite d'un temps et d'un espace mathématiques. Pouvoir conceptualiser aussi rapidement le sensible est le fait de sensibilités infiniment délicates et non frustes et élémentaires. De là que, pour celles-ci, le spectacle du toreo apparaisse choquant et repoussant puisqu'il leur est proprement inconcevable. Le toreo est un jeu vif de l'intelligence, si exclusivement intelligent que la plus infime erreur contre l'exactitude, dans l'exécution des *suertes*, peut coûter la vie au combattant. Pepe-Illo, son inventeur véritable, puisqu'il en a établi les principes et les a définis avec une netteté et une clarté géométriques, apparaît sur la page de garde de la première édition de son admirable métaphysique du toreo – ou tauromachie – l'épée et la muleta dans une main et, dans l'autre, une montre. Joselito, qui pratiqua merveilleusement l'art prestigieux du toreo à la Pepe-Illo, fut, à coup sûr, l'intelligence vive naturelle la plus extraordinairement sensible. Aussi le toreo en ses mains paraissait-il magie, prodige, merveille, intelligible jeu de Birlibirloque.

[…] Le toreo est un jeu d'héroïsme ou un héroïsme absolu. En ce sens, il apparaît comme un sport transcendant, doublé d'une signification esthétique idéale, puisqu'en lui s'affirment, physiquement, toutes les valeurs esthétiques du corps humain (attitude, agilité, adresse, grâce) et, métaphysiquement, toutes les qualités que l'on pourrait dire sportives de

Pablo Picasso dans les arènes de Nîmes.

l'intelligence : abstraction et conception rapides dans l'établissement des rapports. Il est un double exercice physique et métaphysique d'intégration spirituelle qui met en valeur héroïquement, purement, tout l'homme, corps et âme apparemment immortels. C'est là sa plus pure beauté : être le spectacle visible d'une invisible réalité. Le costume de torero éclate de lumières immortelles pour illuminer surnaturellement ces choses si naturelles : la mort et la vie, simplement, héroïquement accomplies en un pur jeu imaginativo-réel. Et le sens de cette réalité imaginative et fugace est le même que celui d'autres constructions spirituelles éphémères. Quand le joueur de guitare, par exemple, improvise une *falseta*, voilà, dit-il, comme s'il disait : «Que personne n'y touche.» Et en effet la *falseta* existe, vue et entendue, comprise, sans que nul, pas même lui, la puisse toucher désormais. Voir pour croire, pour comprendre, sans toucher. Ainsi du toreo, vu et compris, visible un instant, invisible éternellement, et qui semble dire lui aussi : «Regarde, mais ne touche pas.» Car il ne veut qu'être compris, purement et simplement, sans aucun souci d'utilité. Il embrase lumineusement l'intelligence humaine pour nous en offrir le jeu. Que nul ne touche. Que tous voient et comprennent. Ni plus ni moins. C'est pourquoi les morales utilitaires le repoussent parce qu'il n'est qu'intelligence, jusqu'à la cruauté, parce qu'il refuse expressément toute conséquence pratique et morale. [...] Seule une civilisation aussi riche d'antiques transmutations que la civilisation andalouse pouvait lui donner naissance. Seule une sensibilité séculaire aussi profonde et dépouillée pouvait pousser sa passion de l'exactitude et de l'intelligence jusqu'à cet extrême degré de clairvoyance et la traduire en un pur jeu qui assure paradoxalement la vie et la vérité, la vie accomplie sans crainte jusqu'à la mort. Mi-partie ombre, mi-partie lumière, le cercle virtuel du toreo roule une ronde éternelle, immortellement vraie. Les incompréhensions, les oppositions qu'il rencontre ne sont rien d'autre, en dernière analyse, que haine mortelle de l'intelligence, impuissantes rancœurs sentimentales de civilisations inférieures, encore primitives et barbares, et d'intellectuels de fraîche date, sentimentaux déguisés, encore fermés à sa naturelle – sur-naturelle – et toute spirituelle compréhension.

José Bergamin,
L'Art de Birlibirloque,
Editions Le temps qu'il fait, 1984

Un spectacle révélateur

De même que Dieu – coïncidence des contraires, selon Nicolas de Cuse (c'est-à-dire : carrefour, intersection de traits, bifurcation de trajectoires, plaque tournante ou terrain vague où se rencontrent tous venants) – a pu être pataphysiquement défini comme étant «le point tangent de zéro et de l'infini», il est, parmi les innombrables faits qui constituent notre univers, des sortes de nœuds ou points critiques que l'on pourrait géométriquement représenter comme les *lieux où l'on se sent tangent au monde et à soi-même*.

Certains sites, certains événements, certains objets, certaines circonstances très rares nous donnent, en effet, le sentiment, lorsqu'il advient qu'ils se présentent devant nous ou que nous y soyons engagés, que leur fonction dans l'ordre général des choses est de nous mettre en contact avec ce qu'il y a au fond de nous de plus intime, en temps ordinaire de plus trouble sinon de plus impénétrablement caché. Il semblerait que de tels sites, événements, objets, circonstances aient le pouvoir d'amener pour un très court instant, à la surface platement uniforme par laquelle nous collons habituellement au monde, quelques-uns des éléments qui appartiennent le plus en propre à la vie de nos profondeurs, avant de les laisser – déclinant le long de l'autre branche de la courbe – retourner vers l'obscurité fangeuse d'où ils étaient montés.

Il n'est pas que l'activité passionnelle (ou, plus spécialement : génitale) qui connaisse pareilles tensions suivies de détentes, pareille succession de rapprochements et d'écarts, pareilles montagnes russes d'ascensions et de descentes. L'alternance des processus de sacralisation et de désacralisation inhérente à toutes les opérations proprement religieuses, le rythme – ou façon dont sont mises bout à bout valeurs fortes et valeurs faibles – en matière esthétique, le plaisir pris dans les sports ou les jeux (notamment les jeux de hasard) participent à des degrés et à des titres divers de cette dynamique émouvante, qui veut que tout moment durant lequel nous nous sentons enfin comme comblés et en accord, vis-à-vis aussi bien de nous-mêmes que de la nature ambiante, revête l'aspect d'une sorte de tangence, c'est-à-dire d'un bref paroxysme, qui ne dure pas plus qu'un éclair et doit sa fulgurance au fait d'être situé au carrefour d'une union et d'une séparation, d'une accumulation et d'une dépense, comme le Dieu de Nicolas de Cuse, absolu dans la seule mesure où il embrasse, en même temps qu'il s'y déchire, l'ensemble de toutes les lignes et de toutes leurs déviations.

Entre les divers événements plus ou moins sciemment machinés pour répondre à un tel but, certains spectacles violents – tels que la tragédie, où tout gravite autour d'une crise qu'il s'agit de nouer et de dénouer – occupent une place éminente et, semblables à ces faits privilégiés qui nous donnent l'illusion qu'ils nous découvrent à nous-mêmes en vertu de quelque affinité ou de quelque secrète analogie, prennent, avec plus d'intensité peut-être que tous autres, l'allure d'expériences cruciales ou de *révélations*.

Agents d'une sorte de chimie morale dont les réactions colorées mettraient au jour quelques-uns des remous confus qui s'agitent dans notre tréfonds, ces faits révélateurs deviennent de moins en moins fréquents à une époque telle que la nôtre, écrasée par la nécessité immédiate et engrenée de telle façon que l'homme y semble à chaque instant plus résigné à ce divorce avec lui-même que représente l'hypertrophie de la pensée logique ou, ce qui pis est, l'abandon à un étroit empirisme camouflé plus ou moins habilement sous l'étiquette de «réalisme».

Pour d'autres siècles et d'autres cultures, l'on observe des rites, des jeux, des fêtes servant de naturel exutoire aux mouvements de l'affectivité et grâce auxquels les hommes peuvent s'imaginer, au moins durant un temps, avoir signé un pacte avec le monde et s'être retrouvés avec eux-mêmes. Une purgation est ainsi à même de s'opérer, satisfaisant à ces poussées de fièvre sans qu'elles aient besoin, pour s'extérioriser, soit de prendre une voie explosive, soit d'emprunter un déguisement utilitaire ou rationnel funeste, par là même, à toute possibilité de juste action pratique et de raison. Mais de nos jours et dans nos civilisations, il n'est plus possible de trouver d'issue avouable pour ces remuements souterrains que de façon sporadique et fragmentaire, au hasard des occasions ou sous la forme édulcorée de créations artistiques qui ont cessé de plonger dans l'enthousiasme collectif des racines profondes. D'où un ennui, une impression de vie châtrée, tels qu'aux yeux de certains, les conjonctures même les plus catastrophiques peuvent apparaître désirables, parce qu'elles auraient du moins le pouvoir de mettre en jeu notre existence dans sa totalité.

En cet état présent des choses (remarquable par une rare déficience pour tout ce qui concerne la festivité), une institution telle que la *corrida* – qui semble, à plus d'un égard, se dérouler suivant un schéma analogue à celui de la tragédie antique – acquiert un prix particulier, du fait qu'elle paraît bien être la seule, dans notre monde occidental moderne, qui soit capable de répondre aux exigences auxquelles on serait en droit d'attendre que satisfasse tout spectacle, tant dans le cadre de la vie réelle que devant le faux-semblant d'un décor ou sur le sol indubitable d'un terrain d'entraînement.

Analysé sous l'angle des relations qu'il présente, notamment, avec l'activité érotique, l'art tauromachique revêtira, on peut le présumer, l'aspect d'un de ces faits révélateurs qui nous éclairent sur certaines parties obscures de nous-mêmes dans la mesure où ils agissent par une sorte de sympathie ou ressemblance, et dont la puissance émotive tient à ce qu'ils sont des miroirs qui recèlent, objectivée déjà et comme préfigurée, l'image même de notre émotion.

Michel Leiris,
Miroir de la Tauromachie,
Editions Fata Morgana, 1981

Paroles de toreros

Il est assez rare que les toreros consentent à parler de ce qu'ils font en piste… réflexe naturel de l'artiste qui a choisi un mode d'expression précis et se montre mal à l'aise dans sa paraphrase. Pourtant, la rareté n'a ici d'égal que la justesse : on ne peut être plus sobre, plus précis, plus au fait que ces hommes qui ont choisi pour s'exprimer le sable,
la sueur
et le sang.

Luis Miguel Dominguín.

Je me rappelle une des meilleures corridas de ma vie. Ce fut dans une petite ville d'Andalousie. Si je n'avais pas eu ma conscience professionnelle, cet après-midi-là, je ne serais pas allé toréer. J'étais épuisé. C'était le mois d'août, à Antequera, et il faisait une chaleur horrible. Deux amis m'avaient pris en voiture à Malaga, et je leur disais : « Si je pouvais, tout ce que j'ai gagné au cours de cette saison, je le donnerais pour ne pas toréer cet après-midi.» En arrivant à Antequera, j'ai demandé qu'on me laisse seul dans une chambre, pour essayer de me reposer et de me concentrer un peu. Je me suis habillé, et je me suis rendu aux arènes sans aucune envie. Brusquement, je ne sais pas ce qui s'est passé, quelque chose a surgi, et ce fut un des meilleurs après-midi de ma vie.

Certes, l'inspiration n'est pas tout. Il faut avoir le sens de la responsabilité, se respecter soi-même, et surtout être un bon professionnel. On se maintient avec les recours que donne le métier, et on peut ainsi attendre, en donnant un spectacle convenable, le moment où s'accorderont la grâce de l'instant, le taureau, et la psychologie de l'homme. Il m'est arrivé d'être bien pour le public, sans être inspiré, parce que je cachais cela par mon professionnalisme. Les gens donnent à certains toreros, qui se distinguent par leur irrégularité, le qualicatif d'*artistes*. Non, ces toreros sont souvent des *sans honte*. Le jour où ils n'ont pas envie, ils se débarrassent du taureau, un point c'est tout. Moi, le jour où je n'ai pas envie, je m'efforce de faire quelque chose. On m'a donné la réputation d'être capable de toréer quatre-vingt-dix pour cent des taureaux. Le résultat est que l'après-midi où je toréais avec un réel plaisir, je faisais

Luis Miguel Dominguín.

davantage vibrer le public, c'est évident, mais cela ne le marquait pas tellement, puisque j'étais bon assez souvent. En revanche, ce torero que j'appelle *artiste*, quand par extraordinaire il est dans un bon jour, les gens se prennent la tête à deux mains, font des envolées lyriques sur l'inspiration et l'art. Ce sont des histoires d'abracadabra !

Pourtant, c'est vrai, l'inspiration surgit au moment le plus inattendu. Elle peut s'éveiller dans des arènes sans importance, et vous abandonner à Madrid et à Séville. L'ambiance de la foule peut être un jour particulièrement stimulante pour le torero. Quant à moi, ce qui m'aiguillonnait, c'était l'injustice, les cris. Le public le savait bien, et ne s'en privait pas. J'arrivais par exemple à Saragosse en octobre, pour les dernières corridas de la saison. Généralement, dans cette *feria* la fatigue des toreros se fait sentir. Moi, c'était le contraire. Plus j'avançais dans la saison taurine, et plus j'étais chauffé. J'arrivais à Saragosse avec une très grande envie de toréer. Le public était dur avec moi, et la dernière corrida, au dernier taureau, on me donnait les oreilles, mais à contrecœur, et il y avait de l'orage sur les gradins. Il y avait cette passion qui malheureusement fait défaut dans la tauromachie actuelle. Je m'y prêtais d'autant plus volontiers qu'elle constituait pour moi un défi. Quand un jour, au beau milieu d'une *faena*, j'ai levé bien haut l'index pour affirmer que j'étais le numéro un, je savais que par une telle audace je ne pouvais faire du tort qu'à moi-même, et que par la suite, on ne me passerait rien. En vérité, contrairement à ce qu'on pense, je suis un peu velléitaire, et même j'ai une certaine mollesse de tempérament, jusqu'à ce que je me pique. Le public m'aidait à me fâcher, et à trouver en moi l'énergie suffisante pour lui tenir tête. Certes, parfois l'injustice me faisait mal, mais même ainsi, je faisais mon possible pour provoquer cette passion dont je m'alimentais.

Antonio Ordoñez

Je crois avoir fait des choses plus importantes avec la cape qu'avec la *muleta*. J'ai toréé, ce qui s'appelle toréer, beaucoup plus de taureaux avec la cape. Les matadors de ma génération peuvent en témoigner. J'ai regretté de n'avoir pu un jour établir comme règle, dans une corrida goyesque par exemple, de n'employer que la cape. Je crois que cela aurait plu aux gens, et que j'aurais été capable de mener ainsi toute une *faena*.

Généralement, on n'accorde pas suffisamment d'attention à cette phase de la course. On ne siffle presque jamais un torero à cause de son travail à la cape. Et pourtant on le siffle à cause de ce qu'il fait, ou ne fait pas à la *muleta*. On lui crie : «Allez! Encore une passe! La gauche, maintenant!» Si le public protestait devant la pauvre prestation d'un torero à la cape, la qualité de ce répertoire serait beaucoup plus grande.

Toréer avec la cape, c'est comme la tonalité de l'accord parfait entre deux êtres humains. C'est comme la progression de l'entente entre deux personnes qui s'aiment et qui vont réaliser l'acte sexuel. Pour moi, cette montée, ce prélude à l'union, l'emporte sur tout le reste. C'est comme ces amuse-gueule qu'on vous fait passer avant le déjeuner, et qu'on savoure presque plus

Antonio Ordoñez (ci-dessus et à gauche).

Paco Camino.

que ce qu'on mange à table. A mes yeux le plus beau moment de la corrida est d'abord celui de la cape, puis celui de la *muleta* – mais je reste grisé par ce que j'ai fait à la cape – et enfin celui de l'épée. S'il y avait quelque chose d'autre après l'épée, probablement cela me laisserait indifférent.

Paco Camino

Chaque phase de la course a sa beauté. Une grande *faena,* par exemple, mérite une grande *estocade*. Certains matadors à l'épée sont beaucoup plus élégants que d'autres, ce qui montre que tuer peut être un art. Je pense à Rafael Ortega, à Ordoñez, au *Viti*, qui ont su donner à ce moment toute sa beauté. Là, il ne s'agit plus de technique. La seule technique consisterait à voir mourir, sans plus se soucier de rien.

J'ai beaucoup aimer toréer à la cape, et j'ai donné mon empreinte à la *chicuelina*. Ce fut pendant la San Isidro, en 1963. Il y avait Ostos, le *Viti* et moi. A surgi un très bon taureau. Je me suis placé de face pour donner une *chicuelina*; c'était une nouveauté, car auparavant on la donnait en se plaçant de côté, et c'était pratiquement une esquive. J'ai mis la cape devant le taureau, et de cette façon j'ai pu le conduire durant plus d'un mètre. Ma *chicuelina* était née.

Savoir *lidier* [combattre] est plus difficile que de savoir toréer. Chacun peut toréer selon son style, mais *lidier*... Les bons *lidiadores*, on pourrait les compter sur les doigts d'une main. Evidemment, un *lidiador* sans art finit par ennuyer les gens, car il faut aussi faire naître de la beauté et de l'émotion; en un mot toréer. Mais l'inspiration n'a rien à voir avec la *lidia*; il s'agit seulement d'être à sa place avec un taureau, qu'il soit bon ou mauvais, et de ne pas être à sa merci, comme le sont certains toreros «artistes».

Santiago Martín «El Viti»

Le théâtre fait partie du monde de l'arène. Je pense par exemple à ce geste du matador, lorsqu'il vient de coucher le taureau et qu'il se retourne vers le public dans une attitude triomphante. C'est une façon théâtrale de mieux souligner le final; c'est un geste qui représente le sommet de quelque chose. Dans l'arène ce théâtre s'explique parce que c'est l'attitude d'un artiste en cohérence avec son œuvre. Mais hors de l'arène nous sommes tous aussi nus. Entendons-nous : dans l'arène on est à nu, et en même temps on est revêtu d'une interprétation, celle que demande l'œuvre. On est à nu parce qu'on est dans la clarté de l'expression, mais en train de «vendre» quelque chose et d'accaparer l'attention de quelqu'un qui veut «acheter», pour parler en termes monétaires.

Ayant quitté l'arène je regrette la chose la plus importante, qui était une expression extraordiairement libre. Hors de ce monde du taureau, je ne peux m'exprimer avec la même clarté que quand je «vendais» mon sentiment devant le public. Cette expression si libre de toute ma vie plaisait ou ne plaisait pas, mais c'était toute ma vie que j'offrais là. Que je sois bien ou mal, je ne me réservais pas, comme dans l'existence quotidienne. Je donnais tout ce que j'avais à donner, et on le remarquait aussitôt. Le cas échéant, on me conspuait, mais lorsque j'étais bien, les personnes qui pouvaient avoir des idéologies et des conditions sociales différentes m'appréciaient également. Le sentiment produisait immanquablement son effet; je sentais qu'on me sentait. La vie quotidienne, avec toutes ses conventions et ses charges affectives ou sociales, n'est pas la vraie vie, peut-être parce qu'elle est plus difficile à dominer, pour moi en tous cas.

Santiago Martín «El Viti».

Manuel Benitez «El Cordobés»

Avec les *aficionados* tradionalistes, je n'ai pas eu trop de problèmes. Ils n'ont pas fait partie de mon public, voilà tout. Le plat était trop grand pour eux. Ces gens se défient du créateur. Dans un autre domaine, Picasso a fait preuve du même courage, et de la même provocation consciente. Quant à moi, j'ai dû risquer plus d'une fois le tout pour le tout, et démontrer que ce que je faisais était aussi du toreo. Et d'ailleurs, la *manoletina*, qu'a créée *Manolete*, est-ce du toreo ? Ce n'est pourtant pas une *naturelle*, c'est une manière de faire passer le taureau par le haut, de se retourner, et de «chasser les mouches»

encore une fois par le haut. Et dans la *chicuelina* [passe inventée par Manuel Jimenez Chicuelo] on s'enroule la cape autour du corps, et la bête passe comme un express. Qui a dit qu'il fallait toréer seulement avec des *droitières* et des *naturelles* ? On ne m'a pas suivi, non parce que ce n'était pas du toreo, mais parce qu'on n'était pas capable d'en faire autant. Car il fallait se mettre sur un terrain où il n'était pas facile de rester. On m'a demandé le *saut de la grenouille* à Séville, à Madrid, à Mexico. Si ce n'était pas du toreo, pourquoi me le demandait-on ?

J'ai étudié des créations dans les *tientas,* quand personne ne me voyait. Dans ma petite arène, je me demandais comment j'allais pouvoir changer ceci ou cela, faire ce que personne n'avait fait avant moi. J'ai innové non seulement avec la *grenouille* et l'*avionnette*, mais aussi dans ma façon de marcher, de porter la mèche en bataille. Jusque là un torero digne de ce nom devait rester parfaitement coiffé. Il sortait de l'arène sans une tache, encore luisant de brillantine. En le voyant, l'*aficionado* comme il faut béait d'admiration : «Quel superbe torero ! Tu as vu ? Il n'est ni taché ni décoiffé.» Allons donc ! Comment ne pas se décoiffer si on va lutter à mort avec un fauve ! Non, il faut se couvrir de terre, se lancer dans la mêlée. On faisait un contresens avec le toreo. Si on sort de l'arène en sentant l'eau de Cologne, si on ne dégage pas une odeur de bouse et de sang qui attire les mouches, c'est qu'on n'a rien fait. Dieu nous garde des toreros amidonnés ! On disait que Belmonte était contrefait, qu'il manquait d'élégance, et son souvenir est toujours aussi écrasant. Un torero doit se faire décoiffer par ses taureaux, il doit s'essuyer la sueur du visage avec la serviette, et même le

Manuel Benitez «El Cordobés».

corps, qui a porté le poids du costume de lumières, de la peur, de la responsabilité. En une heure et demie tout peut arriver, et il est normal que le corps accuse le coup, et qu'à l'intérieur il n'y ait pas un nerf qui ne bouge. Si on rit, c'est parce que la bouche sert d'exutoire, plutôt que l'autre partie du corps qui ne se voit pas. Je riais très souvent, mais c'était les nerfs. C'est ce qui arrive quand on risque le tout pour le tout.

Ni le public ni la presse n'ont pu me définir. Personne n'est capable de dire : «Le *Cordobé*s est ainsi.» Et moi je ne le dirai pas car je ne veux pas en rester là. Je crée instantanément et ce qu'on voit aujourd'hui sera changé demain; alors on ne pourra plus me suivre. Aucune plume n'arrivera à analyser ce que j'aurai fait. Je vois et je crée, pour peu que le taureau me laisse la moindre chance. Autrement, bien sûr, il n'y a rien à faire.

in François Zumbiehl,
Des taureaux dans la tête,
Editions Autrement, 1989, Paris

Les gestes de la tauromachie

La corrida est un art simple d'approche compliquée. Elle exige, et c'est heureux, une conquête lente et sinueuse de sa compréhension. L'image est ici nécessaire pour éclairer le rite, ses gestes et son vocabulaire.

Les passes de cape

Farol
Tapatia
Les passes de muleta
Derechazo
Ayudado
Larga natural
Molinete
Larga cambiada
Larga
afarolada

Pase natural (de face)
(de profil)
Pecho (terminant une série de naturelles)
Pecho (terminant une série de derechazos)
Pase militar
Bandera
Changement de main
Manoletina
Passe du mépris
Firma

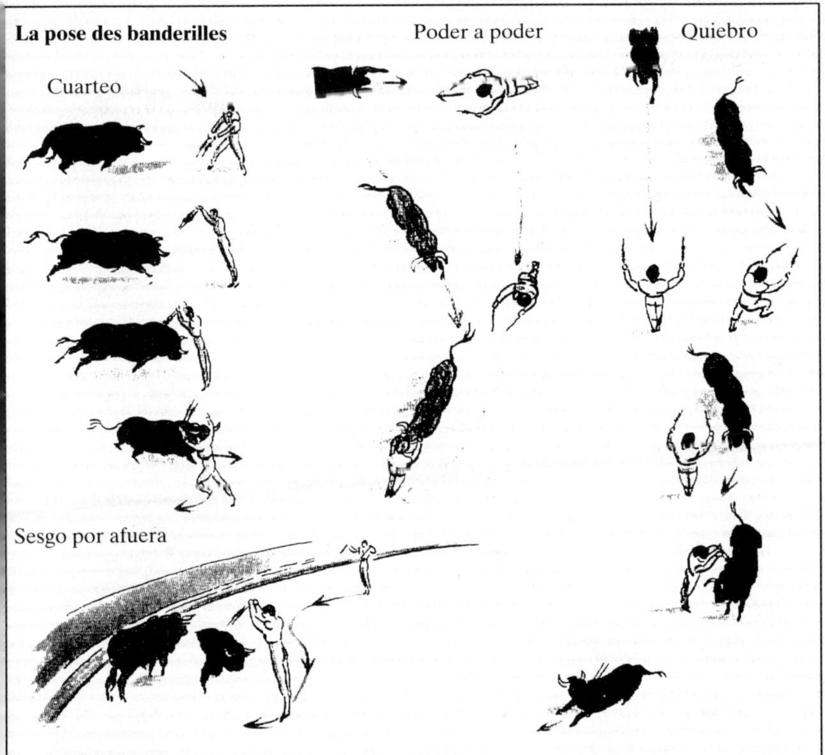
La pose des banderilles
Cuarteo
Poder a poder
Quiebro
Sesgo por afuera
Recibir
La mise à mort
Al encuentro
A volapie

GLOSSAIRE

Sont ici cités les termes qui ne sont pas expliqués dans le texte. Dans le cas contraire, l'index indique la page où se trouve l'explication.

Afición a los toros : Passion, goût de l'amateur (*aficionado*) des courses de taureaux.
Apoderado : Fondé de pouvoir. Représente le torero et administre ses affaires.
Apuntillar : Emploi de la *puntilla* ou *cachete*, lame d'une quinzaine de centimètres qui permet d'achever l'animal à terre après l'estocade.
Barrera : Ceinture de bois qui sépare la piste du couloir, le *callejón*. Désigne également le premier rang des gradins.
Bravoure : Le taureau *bravo* (courageux) s'oppose au *manso*. La bravoure du taureau de combat est son instinct offensif; elle se révèle le plus clairement sous la pique.
Brindar : Action de dédier la mort du taureau à une ou plusieurs personnes, ou au public.
Bronca : Manifestation bruyante des spectateurs en signe de désapprobation.
Burladero : Abri de planches situé en avant de la barrière et permettant l'accès au *callejón*.
Callejón : Couloir séparant la barrière des gradins.
Caparaçon (en espagnol : *peto*) : Protection du cheval de picador utilisée depuis 1928.
Cape (en espagnol : *capote*) : De soie rose et de percale jaune, le *capote* sert au torero dans les deux premières phases de la corrida, aux *peones* pendant toute la course.
Cartel : Affiche annonçant le programme de la corrida.
Caste : Synonyme de race. Un taureau est dit «de caste» lorsqu'il possède toutes les qualités physiques et morales de la race.
Cite (de *citar* : appeler) : Action de provoquer, de la voix ou du geste, la charge de l'animal.
Cogida (de *coger* : prendre) : Accrochage du torero, souvent suivi d'une *cornada*.
Coleta : Mèche de cheveux que les toreros laissaient pousser derrière la tête en signe distinctif de leur profession. Aujourd'hui postiche.
Cuadrilla : Ensemble des assistants du torero, banderilleros et picadors.
Descabello : Coup de grâce donné à l'aide du *verdugo*, épée spéciale.
Desplante : Geste de défi exécuté par le torero devant le taureau.
Devise : Ensemble de rubans aux couleurs de l'éleveur que l'on plante sur le dos du taureau à sa sortie du *chiquero*.
Duende (lutin) : Qualifie l'inspiration du torero «artiste».
Espontaneo : Individu étranger à la corrida qui saute en piste pour combattre le taureau.
Faena (travail) : Désigne la troisième phase du combat que livre l'homme avec muleta et épée.
Hierro (fer) : Marque distinctive de l'élevage que le taureau porte sur la cuisse droite.
Lidia : Combat.
Mayoral : Celui qui dirige les vaqueros et accompagne les taureaux de l'élevage aux arènes.
Mano a mano : Désigne la corrida au cours de laquelle deux matadors combattent six taureaux.
Montera : Coiffure du torero.
Novillada : Corrida de taureaux *novillos*, à laquelle prennent part les *novilleros.*
Président : Dirigeant la corrida, il dispose d'un mouchoir blanc pour accorder une oreille, d'un vert pour renvoyer un taureau défectueux, d'un bleu pour demander un tour de piste pour la dépouille d'un taureau exceptionnel.
Quite (de *quitar* : ôter) : Intervention du torero destinée à modifier une phase du combat.
Sentido (jugement) : Un taureau de *sentido* est un animal avisé qui pourra chercher à atteindre le torero, un animal qui «comprend».
Sobrero (restant) : Désigne le taureau de réserve, seulement utilisé quand l'un des six animaux prévus ne peut être combattu.
Sorteo : Tirage au sort des taureaux, le matin de la corrida.
Templar (tempérer) : C'est l'harmonie de la charge du taureau et de la volonté de l'homme.
Temporada (saison) : La *temporada* taurine débute en mars et s'achève en octobre, en Europe. En Amérique, elle commence à l'automne.
Toril : Ensemble des *chiqueros* où sont enfermés les taureaux avant la course.
Traje de luces : Costume de lumières du torero. Se compose : d'un gilet (*chaleco*), d'une veste (*chaquetilla*), d'une culotte (*taleguilla*), d'une ceinture de soie (*faja*).
Trophées : Accordés par la présidence : une oreille si le public en manifeste le souhait, deux oreilles, ou les deux oreilles et la queue, sur le seul jugement du président.
Vuelta : Tour de piste qu'accomplit le torero avec l'assentiment du public.

BIBLIOGRAPHIE

En espagnol

Andrès Amoros, *Toros y cultura*, Espasa Calpe, 1988.

Fernando Claramont, *Historia illustrada de la tauromaquia*, (2 vol.), Espasa Calpe, 1989.

José Maria de Cossio, *Los Toros*, (8 vol.), 1943 à 1986, Espasa Calpe, Madrid.

Alberto Gonzales Troyano, *El Torero heroe literario*, Espasa Calpe, 1988.

Nestor Lujan, *Historia del toreo*, Editions Destino, 1967.

Luis Nieto Manjon, *Diccionario illustrado de terminos taurinos*, Espasa Calpe, 1987.

José Ortega y Gasset, *La Caza y los toros*, Revista de Occidente, Madrid, 1968.

En français

Lucien Clergue, Alain Montcouquiol et Jean Cau, *Nimeno II, torero de France*, Marval, 1992.

Collectifs, *La Corrida, tragédie et art plastique*, Prisma, 1948; *Encyclopédie de la corrida*, Prisma, 1950.

Jean-Pierre Darracq, *Genèse de la corrida moderne*, Union des Bibliophiles taurins, 1991.

Jean Ducasse, *Toreros pour l'histoire*, La Manufacture, 1991.

Pierre Dupuy et Pierre Casanova, *Ombres et soleils sur l'arène*, La Manufacture, 1988.

Auguste Laffront, *Histoire de la corrida en France*, Julliard, 1977.

Georges Lestié, *Règles et secrets de la corrida*, Lacoste, 1964.

Jean-Marie Magnan et Lucien Clergue, *Une faena de Curro Romero*, Marval, 1992.

Claude Popelin, *La Tauromachie*, Seuil, 1970.

Jean Testas, *La Tauromachie*, Que sais-je? PUF, 1963.

Pierre Veilletet et Véronique Flanet, *Le Peuple du toro*, Hermé, 1986.

André Viard (matador français), *Comprendre la corrida*, Barrera Sol, 1989.

CALENDRIER TAURIN

Février
France : Carnaval du mimosa à Nîmes.
Espagne : Valdemorillo.

Mars
Espagne : Castellon; Fallas de Valence.

Avril
France : Arles.
Espagne : Feria de Séville; Madrid; Malaga; Barcelone.

Mai
France : Feria de Pentecôte à Nîmes; Vic-Fezensac.
Espagne : Feria de Jérez; San Isidro de Madrid; Ferias de Cordoue et de Grenade.

Juin
Espagne : Ferias d'Alicante, de Badajoz, de Plasencia et d'Algesiras.

Juillet
France : Fêtes de la Madeleine à Mont-de-Marsan.
Espagne : San Firmin de Pampelune; Santander.

Août
France : Ferias de Dax, Béziers, Bayonne; Palavas.
Espagne : Ferias de Málaga et de Bilbao; Huelva; Huesca.

Septembre
France : Prémices du riz en Arles; Feria des vendanges à Nîmes.

TABLE DES ILLUSTRATIONS

CHAPITRE II

CHAPITRE III

CHAPITRE IV

CHAPITRE V

CHAPITRE VI

F. Botán Castillo.
113b Le picador, photo L. Clergue.
114h Affiche de corrida de 1902, musée taurin, Nîmes.
114b Marcial Lalanda et Juan Belmonte à Aranjuez, septembre 1927, photo A. Sánchez Portela.
114-115h *Le Toril*, revue, 9 avril 1932, bibl. muncipale, Nîmes.
115b Affiche de corrida de 1902, musée taurin, Nîmes.
116 Triomphe de Domingo Ortega au festival de Carracosa del Campo, 1956, photo F. Catalá-Roca.
117hg La dévotion de Julio Aparicio, 1950, photo Finezas.
117hd *La Coleta*, partition de chanson des années 1920, dessin de P. Carles, coll. part.
117b Antonio Bienvenida, photo.
118 Dominguin, photo Yan.
119g Affiche de la corrida de Manolete le jour de sa mort à Linares, photo J. Dieuzaide.
119d Portrait de Manolete, photo L. Clergue.
120 Entrée du taureau dans l'arène, *idem.*
121g Affiche d'un taureau gracié, musée taurin, Nîmes.
121d Antonio Ordoñez, photo Yan.
122a Ruiz Miguel, photo Ch. Petit.
122b Victor Puerto, *idem*
122c Richard Milian, *idem*
122d Rafi Camino, *idem.*
123a Emilio Muñoz, *idem.*
123b-c Rafi Camino, *idem.*
124a Luis Francisco Espla, *idem.*
125a El Fundi,*idem.*
125b Victor Mendes, *idem.*
126-127 Le paseo dans les arènes de Nîmes, *idem.*
128 Victor Puerto, *idem.*

TEMOIGNAGES ET DOCUMENTS

130 Saut de la garrocha, in *La fiesta española* de Tovar, gravure de 1870, coll. Knitter.
133 «Course de taureaux en l'air», gravure de 1784, musée taurin, Nîmes.
134 Couverture des *Voyages en Espagne*..., coll. Knitter.
136 «La vocation», in *La Lidia*, bibl. municipale, Nîmes.
138-139b «Les toreros», in *La Lidia*, *idem.*
140 Le *sorteo*, photo.
141 Chez le tailleur, photo J. Dieuzaide.
142 Patrick Varin, photo A. Hampartzoumian.
144 «Les courses de taureaux», in *Le Courrier français*, 1889, photo L. Clergue.
146 Corrida villageoise dans le Gard, carte postale.
148 Les arènes de Bayonne, carte postale.
149 *Idem*, coll. L. Clergue.
150 E. Hemingway, P. Schull et C. Popelin, 1953, photo L. Clergue.
152 Dessin de Cocteau, coll. L. Clergue.
155 Picasso aux arènes de Nîmes, photo.
158 Dominguin, photo L. Clergue.
159 *idem.*
160 A. Ordoñez, photo L. Clergue.
161g *Idem.*
161d P. Camino,photo J. Dieuzaide.
162 El Viti, *idem.*
163 El Cordobés, *idem.*

INDEX

A

B

C

CRÉDITS PHOTOGRAPHIQUES

Aisa 12, 23h, 25, 30, 42g, 42d, 43, 46hd, 51h, 57, 59, 61, 62, 64, 80m, 90-91, 92-93, Artephot-Faillet 14-15h, Artephot-Lajoux 14-15b, Artephot-Nimatallah 16h, 16b, 18h, Artephot-Oronoz 26, 27, 38-39h, 40b, 44, 68, 94g, Bibliothèque municipale de Nîmes 65h, 65m, 66h, 105, 136, 138-139, Bibliothèque nationale, Paris 22b, 29h, 133, Jean-Louis Charmet 24b, 31b, 78, 98b, 117hd, Lucien Clergue 111h, 113, 119d, 120, 144, 149, 150, 152, 158, 159, 160, 161g, Dagli Orti 17, 83b, Jean Dieuzaide 119hg, 141, 161d, 162, 163, D. R. 18-19b, 36, 37, 73h, 95b, 96m, 98h, 99h, 101h, 104, 106h, 106m, 106b, 111b, 112, 114b, 116, 117g, 117b, 140, 142, 146, 148, Jean-Paul Duviols 38b, 39m, 95h, Giraudon 13, 47, Giraudon-Lauros 34-35, 70, A. Knitter 31h, 45, 46m, 48-49, 50, 56, 69, 79, 80h, 81m, 82, 83h, 84, 85, 88, 89h, 110h, 110-111m, 130, 134, Magnum-René Burri 155, Musée taurin de Nîmes 11, 20-21, 24h, 51b, 52-53h, 53b,54-55, 58, 60, 63, 66b, 67, 69, 71, 72, 73b, 74h, 75h, 76, 77, 81h, 86h, 86b, 87, 89b, 94h, 97, 100h, 100b, 101m, 102, 103g, 103d, 107, 108h, 108b, 109, 114h, 114-115h, 115b, 121m, Réunion des musées nationaux © Spadem 19d, Roger-Viollet 74g, 75b, 75m, Salvat 28-29b, 41, Vandystadt 1, 2-3, 4-5, 6-7, 8-9, 122-123, 124-125, 126-127, 128, Yan 118, 121b.
Dos, 1er plat Vandystadt.

REMERCIEMENTS

L'éditeur remercie pour leur aide précieuse : Bernard Bastide, du musée municipal de Nîmes; Brigitte Weymann et Claude Viallat, conservateurs du musée taurin de Nîmes; Martine Nougarède, conservateur du musée du vieux Nîmes; Achim Knitter, Lucien Clergue et Jean-Paul Duviols

COLLABORATEURS EXTÉRIEURS

Perrine Cambournac a assuré le suivi rédactionnel de cet ouvrage. La lecture-correction a été effectuée par Max de Carvalho; Dominique Guillaumin a monté les Témoignages et Documents.

Table des matières